昨日書

馬世芳

My Back Pages

所謂好與壞，我掂量這兩個字
意義清晰，確切無疑，總該如此
啊，但我彼時是那樣蒼老
如今我卻更年輕了……

—My Back Pages, Bob Dylan, 1964

Contents

輯三——驀然回首

代序 給未來的自己

若是張望「明年此時」，則不免膽寒，畢竟那還不足以與現下的種種牽扯和負擔拉開無論是冷靜抑或抒情的距離。然而想的若是「十年後」，就像電影過場的一個黑鏡頭，兩秒鐘，一整世界的聲光氣味都兩樣了，中間那每分每秒拖曳著積累著的光陰也不用想了，多省心。

設若現在給我一個兩秒鐘的黑鏡頭，場燈再亮時，會看到甚麼？

頭髮不用說是夾灰雜白了，而那應該會讓我欣慰，只要它們還願意盡量留在頭皮上。依然的臉皮太薄，心腸太軟。依然的怕麻煩，爲了息事寧人而甘願喫虧，並且找出種種藉口自我說服。依然的逃避許多早就該做的事情，只偶爾獨坐驚覺，照平均曲線算來，餘生的長度，早已少於先前不經意大把浪擲的歲月。然而那樣的想法不免令人沮喪，於是起立，開冰箱或者電腦，很快把這樣的念頭忘記。

依然的不能忘情於那些躺在種種櫥窗裡陳列著的，即使真的擁有了粗具規模的銀行帳戶，恐怕仍然不會出手——那些美麗不可方物的，一旦迎回家來，既知自己沒有時時勤拂拭的耐心，那麼美麗勢將成爲浪費，或者不堪的負擔。

又或者到了那個時候，美麗不再誘人，連瞻望也懶得了。更可能的是，慾望也會升級，腳步移到了更華美的櫥窗前去。然而這些都只證明了自己其實不缺甚麼。像誰說過的：生平三恨，一恨鰣魚多刺，二恨海棠無香，三恨《紅樓夢》未完。你看看就連恨，也恨出了玫瑰金的顏色。

依然的有許多必須的任務，貸款和帳單的規模亦隨年歲而升級，遂更無暇思索那些玫瑰金的遺憾。貸款和帳單換來的那些，一旦多少符合了遠房親族聚會時總要拿來掂量的加權項目，你假裝不在乎，私下卻衷心而俗氣地快樂。

依然的留著右手的指甲而剪淨左手的，維持這莫名其妙的習慣，儘管那柄二手老琴鎖在箱裡，一年難得彈兩回。妻亦如往年那樣，你彈起琴來，她便立時沉沉睡去。

依然的懷著舊，而因爲年歲添長，那些舊，益發地顯出了不合時宜的遺老氣味。因爲不肯承認，依然的叨念著回望是爲了前路云云，渾然不覺這些年便是一直背對著前路，倒退走來的。

依然的虛榮，不甘寂寞，好賣弄，好爲人師，只是搬弄的姿態與語言益發柔軟，連自己都騙過了，於是自以爲人格愈發圓滿，殊不知到了這把歲數，早已不是佯稱謙退以讓出空間容納讚美的時代。

你漸漸不能分辨青年人望著你的神情，那眼中的笑意，究竟是讚歎抑或鄙薄。估計大概要再多一個十年，纔能夠放下這些焦慮，畢竟到那個節骨眼上，很多事情反正是即使想在乎亦無從下手了。

我本是樂觀的人，但總習慣先做最壞的打算。所以，我不希望那黑鏡頭來得太早，而寧願多一點時間幻想，閃躲，等待。

二〇〇七

輯一——煙花與火焰的種子

一個六年級生的青春歌史

小時候的記憶，總是有歌的。一九七〇年代，我的母親陶曉清一面主持西洋熱門音樂節目，一面推廣台灣青年創作歌謠，家裡到處堆著錄音帶、唱片和詞譜。「民歌運動」最熱鬧的那幾年，母親經常籌劃主持演唱會，那些民歌手三不五時便到我們家裡開會。客廳鋪滿榻榻米，很是寬敞，大夥便席地而坐，縱論暢談。母親心疼其中幾個離家求學的孩子難得喫頓好飯，常常邀請他們早點兒過來一起晚餐。長大之後讀到文壇前輩回憶林海音、劉慕沙昔時照顧年輕窮作家的故事，立刻想起母親當年照顧那些民歌手，也是如此。

回想起來，那些歌手當時都是二十郎當的大孩子，母親也纔三十出頭，大家有的是青春銳氣，不知江湖險惡，個個天真熱情，志比天高。原本說是開會談正事，後來總得岔題，有人拿起吉他唱起剛寫的新歌給大夥評判，有人說起自己坎坷的成長史，感動得女孩們拭起眼淚。當然，戀愛和失戀的故事總是少不了的。那時我還是滿地亂跑的小娃娃，那些常來串門子的叔叔阿姨的歌，原是寫給他們同齡人聽的，也都一一化成了浸染我整個童年的背景色彩。

母親從未主動「教」我聽音樂。那些歌總是觸手可及，我卻從未想過要跨前一步，走進那片天地。直到上了中學，纔稍微認真聽起西洋音樂，先是和同齡孩子一樣，瘋魔起排行榜的偶像明星，繼之偶然向母親借來一捲披頭（Beatles）卡帶，這一聽，當下流行的新歌盡皆失色，我一頭栽進父母輩的搖滾世界，萬劫不復。

一九八七年台灣解嚴，我上了高中。課堂上，老師小心翼翼提起那些封印了幾十年的詞組：白色恐怖、政治犯、黑名單、二二八……。課室外的社會激騰動盪，我則罩著耳機，飢渴若狂地聽著二十年前嬉皮世代的搖滾，渾然不知台灣流行音樂也正邁向史無前例的高潮。然而，再愚鈍的孩子也該感覺得到：我們正在經驗一段不平常的歷史。

高二那年一個失眠的晚上，躺在床上，驀然想起羅大佑〈亞細亞的孤兒〉（一九八三）：

亞細亞的孤兒在風中哭泣
黃色的臉孔有紅色的污泥
黑色的眼珠有白色的恐懼
西風在東方唱著悲傷的歌曲

剎時一道閃電擊中腦袋，我想通了：這首歌唱的從來不是那障眼的副標「致中南半島難民」，而是我們自己的歷史——彼時我並不知道，這早已是許多資深樂迷心領神會的祕密。

這樁發現狠狠震撼了我。自己似乎錯過了許多饒富深義的歌詩，它們埋藏著重重的線索，每一條都與我們的集體記憶血肉相連。

不久，「出走」去國三年的羅大佑終於返台，以《愛人同志》（一九八八）高調復出。那陣子來家裡拜訪母親的音樂圈同行，提起這張專輯，都是一臉的凜然敬畏。我在信義路復興南路口「水晶大廈」一樓的小唱片行拿零用錢買下這捲卡帶，成了生平第一次自己掏錢買的國語專輯。之後，又陸續補齊了羅大佑的舊作：《之乎者也》（一九八二）、《未來的主人翁》（一九八三）、《家》（一九八四）、《青春舞曲》（一九八五）。聽完這幾張專輯，益發飢渴，於是接著溫

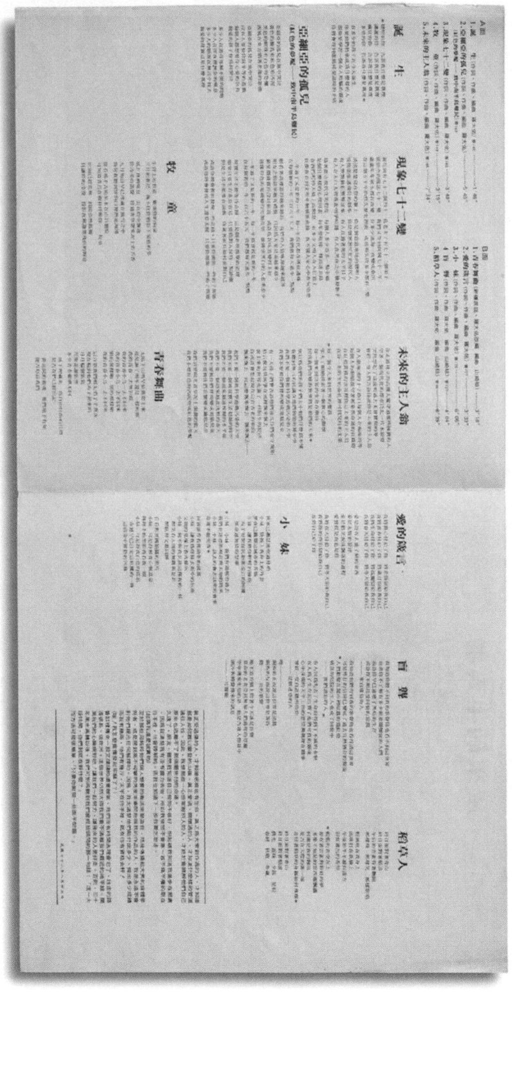

一九八三年初版《未來的主人翁》內頁，〈亞細亞的孤兒〉仍有「致中南半島難民」副標。

習李壽全的《八又二分之一》（一九八六）、紅螞蟻第一張專輯《紅螞蟻》（一九八五）、李宗盛《生命中的精靈》（一九八六）、黃韻玲《憂傷男孩》（一九八六）……。它們離當時的我不過兩三年光景，卻是我來不及在第一時間參與的青春期，那原只屬於長我一兩代的前輩。是沉鬱的黑色羅大佑，開啟了這趟回溯台灣歌史的旅程。

一九八九年上大學之前的暑假，中廣「青春網」開播，我應邀在藍傑的「回到未來」節目擔任固定來賓，逐週介紹披頭，是我ＤＪ生涯之始。同時，台灣漸漸有了「地下音樂」和「地下樂團」的聚落，這兩個名詞，就跟彼時同冠以「地下」兩字的「地下電台」、「地下舞廳」一樣，充滿了八〇年代末落草結黨的邊緣氣味。同人廠牌「水晶唱片」辦的「台北新音樂節」史詩般聚集了林暐哲、李欣芸、吳俊霖（伍佰）、葉樹茵、史辰蘭這些名字。王明輝領軍的「黑名單工作室」出版了《抓狂歌》（一九八九），是台灣第一張福佬話發音、深具政治社會意識的搖滾專輯，他們巡迴校園，在台大福利社前的院子開唱，同學們端著便當凝神傾聽陳明章唱〈慶端陽〉，林暐哲唱〈民主阿草〉，陳明章在中段客串上街抗議的老兵，高聲斡譙，全場鼓掌：

透早出門天清清，歸陣散步來到西門町
看到歸路的警察和憲兵，全身武裝又擱向頭前
害阮感覺一陣心頭冰
咱來借問矣警察先生：今嘛已經民國七十八年
是不是欲來反攻大陸準備戰爭？

還有拄著一付拐杖、個頭瘦小的葉樹茵，她唱了〈傷心無話〉（陳主惠是不是在她旁邊拉大提琴？），還有蘇珊薇加（Suzanne Vega）〈牆上的瑪琳畫像〉（Marlene on the Wall）。歌聲凝鍊澄澈，足以鎮住那個躁鬱症的年代。

我這個「外省囝仔」是從《抓狂歌》纔開始學福佬話的。專輯問世適逢解嚴後首次大選，本想緊扣沸騰的社會氣氛，賣他個一百萬張，沒想到全部歌曲被新聞局通令禁播，註定只能成爲小眾經典。所謂「台語搖滾」，還是得等一九九〇年林強推出《向前走》纔真正蔚爲風潮。MV裡的林強和一群青春男女在新落成的台北車站大廳群舞，高聲唱著「啥咪攏無驚」，一無所懼，理直氣壯，彷彿未來只能是一波持續漲潮的大浪，一條不斷上升的長紅曲線。

當時我並不知道：「新母語歌」的脈絡早在那之前已有不少鋪陳。聽聽潘越

雲一九八三年的《胭脂北投》，甘儂作曲、林邊作詞的〈心情〉，已爲後來陳明瑜、路寒袖的「雅詞」路線做了漂亮的示範：

心情親像一隻船，行到海中央
海湧浮浮又沉沉，就是阮的心情
每日想伊想不停，親像風吹一陣又一陣
每夜做夢夢見伊，親像伊在阮身邊

為著要見伊，只有夢中去
為著夢中見，日時變半暝
心情親像一片雲，飛到天西邊
日頭落山的黃昏，就是阮的心情……

還有一九八七年陳揚作曲的〈桂花巷〉，吳念真用七字句填的雅詞：

想我一生的運命，親像風吹打斷線

設計者Akibo的巧思讓《抓狂歌》的錄音帶恰似一盒保濟丸。

隨風浮沉沒依偎，這山飄浪過彼山
一旦落土低頭看，只存枝骨身已爛
啊，只存枝骨身已爛……

花朵較醜嘛開一次，偏偏春風等袂來
只要根頭猶原在，不怕枝葉受風颱
誰知花，等人採，已經霜降日落西
啊，已經霜降日落西……

阿潘這一路的探索與積累，到一九八八年《情字這條路》開花結果，用時新的國語唱片製作手法，做出了轟動市場的「新台語歌」專輯。這種兼容並蓄、融鑄新舊的路線，大約在一九九二年江蕙《酒後的心聲》臻於極致，終於打破了「台語歌」與「國語歌」之間族群、階級的藩籬，從農鎮漁村的家用伴唱機到都會上班族聚集的ＫＴＶ，人人歌之不輟。我自己是在多年後纔回頭補課，重新認識那些年少時視為理所當然而不免輕忽的歌，從而對彼時創作製作團隊的才情與野心佩服不已。

一九九一年，仍以本名吳俊霖行世的伍佰在羅斯福路和平東路口地下室的「息壤」駐唱，我和好友吳清聖常常攢了錢一塊兒去看。爲伍佰暖場的是一對來自淡水的「那卡西」盲歌手，他們每週固定在「息壤」演唱，現場觀眾大多心不在焉喫喝聊笑，報以禮貌的掌聲，誰都沒想到金門王、李炳輝會在六年後以《流浪到淡水》紅遍全國，成爲家喻戶曉的大明星。伍佰那時玩的是藍調味兒極重的搖滾樂，新創曲之外，他改編了幾首古老的台灣歌謠，賦舊曲以新生，尤其令我驚奇。周添旺詞、楊三郎曲的〈秋風夜雨〉（一九五四）原是哀婉的慢歌，在伍佰手上變成了快板的重搖滾，電吉他riff密如驟雨，伍佰在熾烈的燈光中揮汗唱道：

風雨聲音擾亂秋夜靜，時常聽見蚯蚓哮悲情
引阮思鄉不知雨水冷，自恨自歎幸福未完成
啊……前途茫茫，宛然失光明！

唱到這兒，伍佰總會倏地抬起彈琴的右手，遮住雙眼。一個不能更簡單的動作，卻輻射出極其迫人的氣勢，那是我第一次見識到伍佰萬夫莫敵的舞台魔力。

他把一首悲情苦悶的「老台語歌」化成了澎湃激狂集體宣洩的儀式，台灣人幾代的壓抑，彷彿都在他粗獷的歌聲和暴烈的電吉他中一夕釋放。

儘管首張專輯《愛上別人是快樂的事》（一九九二）銷售慘澹，伍佰的現場煽動力很快在台北藝文圈傳染開來，「息壤」煙霧繚繞的地下室擠滿了看客，大家猛力敲著啤酒瓶，跟著他一起大吼「思念親像一條河」、「愛你一萬年」。後來他轉戰光復北路的「The Gate」，門票也跟著漲價，伍佰演出當天總有長長的人龍，成爲街頭一景。一九九四年伍佰在「魔岩」推出《浪人情歌》，次年出版《枉費青春》實況專輯，靠著一場場演出累積的人氣，專輯相繼狂賣數十萬張，把伍佰推上了巨星的舞台，成爲台灣有史以來第一位占領娛樂版面的吉他英雄。伍佰後來在《樹枝孤鳥》（一九九八）、《雙面人》（二〇〇五）繼續探索母語搖滾，成果斐然，有人認爲他在離開「地下音樂圈」之後的作品不若「波麗佳音」時期的少作，我是始終不同意的。

一九九二年，還在「青春網」當實習ＤＪ的袁永興在錄音室放了一首歌給我聽：第九屆「大學城」比賽的冠軍作品〈問卜歌〉，來自文化大學，竟是用客家話唱的！永興說，比賽前夜，他看著他們在宿舍屋頂對著星空彈唱，感動得無話可說。襯著激切的刷弦和提琴，謝宇威高亢的嗓音揚起，這是我聽到的第一首新生代創作的「新客語歌」：

今夜又是汪汪的月光，月光恁靚一切不如昨？
啊！觀音佛祖，媽祖娘娘，義民爺爺，弟子請問啊！
今夜又是炎炎的端陽，稼埕唱山歌的阿伯今何在？
啊！觀音佛祖，媽祖娘娘，義民爺爺，弟子請問啊！
今夜又是舒爽的中秋，公廳講古的叔婆今何在？
啊！觀音佛祖，媽祖娘娘，義民爺爺，弟子請問啊！
今夜又是難得的上元，你屋下的人到哪去？
上班的上班，賭博的賭博，簽牌的簽牌，湯圓沒得喫哪……

這是一首劃時代的傑作，那溫度、那色彩，和「黑名單工作室」的「台語搖滾」截然不同，卻都滿溢著一股躁鬱的時代氣味。謝宇威能唱能畫，爲人慷慨善良，創作之路走得辛苦，多年來屢為生計奔波，卻從未放棄音樂理想。二〇〇三年獨立製作的《一儕・花樹下》細膩而大氣，是值得被更多人銘記在心的傑作。

九〇年代初，幾個和我同齡的淡大學生組成「觀子音樂坑」樂團，企圖融合客家歌謠和搖滾，唱了不少帶著草根實踐意識的歌。後來「觀子音樂坑」改組成「交工樂隊」，我在多年後和「交工」的林生祥、陳冠宇結為好友，纔認真回頭補聽他們「觀子」時期的歌。也是透過他們的引介，我纔知道早在一九八一年，搞樂團出身的吳盛智就已經做出了極為老辣的客語搖滾專輯《無緣》，實驗的步伐踏得比羅大佑還遠。可惜天不假年，吳盛智一九八三年車禍驟逝，念茲在茲的原創客語專輯畢竟沒能做完。這個任務得再擱上幾年，讓下一代的年輕人來完成了。我想吳盛智在天之靈，若聽到《我等就來唱山歌》（一九九九）、《菊花夜行軍》（二〇〇一）和「交工」解散後林生祥與「好客」樂隊的作品，應該會很欣慰後繼有人。

讀台大那幾年，校門口常有學生拉起布條示威，邀來剛出獄的黨外前輩講演。我的福佬話程度仍然太差，只能從聲嘶力竭的長段演說勉強辨認若干單詞。一位大氣科學研究所的學長常在那些場合頭綁布條揹著吉他登台，彈唱火力旺盛的抗議歌曲，一口福佬話道地彈牙，行雲流水，功力極是要得，連我這種聽不懂歌詞的都被打動了。他叫朱約信，後來在「水晶」出了ＤＩＹ式的個人專輯，請來吳俊霖擔任客席吉他手。專輯內頁惟一的照片是位巧笑倩兮的校園美女，和裡面那些抗議歌曲的主題毫無關係，據說那是朱約信的女友，後來兩人果真終成眷屬。當年我們常常借台大對面巷裡的長老教會視聽室看「藝術電影」，那部大電視旁邊擺了滿滿一櫃錄音帶，都是朱約信的田野錄音紀錄，記得其中有一整排陳明章的校園巡迴實況。這麼多年了，我仍偶爾痴想那些錄音不知有無機會重見天日。

一九九四年朱約信以「豬頭皮」之名進軍主流市場，出了極成功的「笑魁唸歌」系列。「水晶」則在虧損多年之後黯然淡出，老闆任將達時運不濟，內外相煎，空有經世抱負，卻總是功敗垂成。在那個暢銷唱片動輒幾十萬張的年代，「水晶」出版的專輯沒有任何一張沾得上「暢銷」兩字的邊，卻著實啟蒙了一代文藝青年。想來不少當年的熱血知青，老家抽屜裡還藏著一排「水晶」卡帶捨不得扔呢。

一九八九年，陳淑樺的〈夢醒時分〉大紅特紅，專輯狂賣八十萬張，打破國語專輯銷售紀錄，葉啟田的《愛拼才會贏》更是氣勢如虹，賣破一百萬張。我忙著聽老搖滾和台灣「地下音樂」，對它們反倒沒太著意。股市、六合彩、房地產和街頭運動一齊狂飆，「台灣錢淹腳目」再次成爲流行語，許多暴發戶開始牛飲XO、戴一只鑲滿鑽石的「滿天星」手錶。系上一位學長也在號子開了戶，賺了大錢買了車，課都不大來上了——當年一個文學院學生竟擁有自己的四輪轎車，看在苦哈哈的同學眼裡，簡直近乎「階級敵人」。學長走闖江湖，人面甚廣。一次他親口跟我說：他的後車廂裡，藏著一支黑星手槍。

回想起來，那恐怕是我這輩人經驗中最接近「亂世」的時期了。一九八九年底，滾石唱片邀集旗下幾位頂尖創作歌手出版合輯《新樂園》，當時還是「小眾歌手」的陳昇錄了一首長達六分半鐘的〈細漢仔〉，描寫庄腳囝仔到台北闖蕩江湖，在黑金橫行的都市暗角出生入死，終於成爲槍下亡魂：

阿媽帶著媳婦哭哭啼啼找到了城裡
酒店的老闆四處迴避，他正忙著競選立法委員
帶話的人說：「哭么我找無你尪」
在一個寒冷無風的夜裡
有人靜靜地漂浮在新店溪
細漢仔這一次終於真正的不言也不語……

一九九二年陳昇和黃連煜合組「新寶島康樂隊」，在〈一佰萬〉和〈壞子〉這些歌裡，我又看到了〈細漢仔〉的悲劇，以不同的敘事角度上演。每次聽到這幾首歌，我總會想起學長後車廂裡那把不知最後是否派上用場的黑星手槍。

大學四年，我投入最多心力的「事業」是一份發行量四千份，名喚《台大人文報》的校園刊物。高我兩屆的哲學系學長黃威融是它的創刊主編，也是我的哥們兒兼精神導師。我們在公館徹夜營業的「人性空間」之類小茶館浪擲無數吸菸長談的夜晚，直到天色微明，店裡只賸我們這桌賴著不走的客人。等老闆娘終於撐著惺忪睡眼來下逐客令，威融便騎機車載我去「校園書房」巷口小攤喫凌晨開賣的當歸豬腳湯，兩人一面啃著豬骨頭，一面繼續剛纔未完的辯論。彼時我們的時間簡直多得揮霍不完，卻又焦慮得恨不能一夜學會所有武功祕笈，一口氣解決所有國族社會文化的難搞問題。

威融畢業等著入伍的某一天，我們照例窩在哪裡熬夜瞎聊。他用一貫戲劇化的激動口吻，宣稱高雄「亞洲唱片」出版的十大張《台灣歌謠傳奇》是史上最他媽屌到令人無言以對的專輯。他用神蹟再顯的表情描述一個個我彷彿聽過、卻依舊全然陌生的名字：文夏、洪一峰、吳晉淮、陳芬蘭、方瑞娥、紀露霞……。

「以後出國留學，這套ＣＤ一定是貼身必備，你看噢，在紐約還是水牛城對不對，反正冬天下大雪，一定他媽超想喫滷肉飯配魷魚羹，可是就他媽喫不到。那只好拿出這套CD，隨便放哪一首文夏，幹，立刻痛哭流涕……。」他當時大約是這樣說的。

當年亞洲唱片耗時費力搶救許多五、六〇年代慘遭禁播的老台語歌母帶，以彼時最高的技術規格重新數位化、發行CD，一反印象中充斥「炒豆聲」的老錄音，音質清晰生動直逼「發燒級」。更棒的是每張纔賣一百多塊，幾乎比錄音帶還便宜。於是我第一次聽到了原版的〈黃昏的故鄉〉、〈思慕的人〉、〈懷念的播音員〉、〈暗淡的月〉、〈孤女的願望〉……，那些歌裡映照的老台灣，如此遙遠，卻又如此鮮活立體。我完全同意學長的評價，它們實在是屌到令人無言以對。

幾年之後，亞洲唱片再接再厲，一口氣出版了全套六十張CD、九百多首歌的《台灣歌謠傳奇》（現在改名《咱的心情．咱的歌》），我把那一大箱CD請回家，一張一張聽，愈聽愈驚奇，原來當年的老台語歌不只從東洋借來許多靈感，也狠狠地玩過黃梅調、古巴爵士、愛爾蘭民謠、上海時代曲、西部鄉村、草根搖滾……，從那些簡直光怪陸離的歌裡，我發現了一個被後來的時代敘述徹底掩埋的音樂場景。

一九九三年我升大四，《台大人文報》出版「台灣流行音樂專號」：我們遍訪業界人士，寫了幾萬字的專文，算是那幾年認真聽音樂的心得報告。我也說服大家一起邀約百餘位樂壇前輩評選《台灣流行音樂百張最佳專輯》，由同學們逐張撰寫評介、出版成書。多虧母親幫忙，幾乎每位應邀參與的音樂圈前輩都熱切投入了頗有些費事的評選工作。我自己纔剛起了個頭便畢業入伍，清聖和學弟妹接掌編務，那是一樁遠比想像中艱難的大工程，累壞了所有參與的同學。當然，我們做夢也不會想到這本學生社團出版物竟在後來被尊爲「經典」，影響遠播大陸與海外，更不會想到十幾年後，當初一起編書的幾位老同學竟還有機會再續前緣，編出《台灣流行音樂二〇〇最佳專輯》（二〇〇九）。

退伍之後打的第一份工，是替一九九五年九月國父紀念館的「民歌二十年」演唱會蒐集歷史資料、編輯節目手冊，並邀幾位學弟妹一塊兒編了《永遠的未央歌：現代民歌／校園歌曲二十年紀念冊》。第二份工作，則是和清聖一起爲年底發行的《羅大佑自選輯》寫文案。這兩件差事，讓我的腦袋有好幾個月都塞滿了幾十年的歷史大事，配著幾百首歌的背景音樂轉來轉去。當時以爲自己終會找到一份出版社編輯的差事，在校樣和文稿堆裡討生活，渾然不知那兩份工作，其實已經悄悄爲我「出社會」的主要任務定了調：我註定要當一個「認真樂迷」，並且以此維生。

這些年，工作內容曲曲折折，做廣播、寫文章、辦活動、搞發行，骨子裡其實都是同一回事——把（我心目中的）好音樂引介給更多人。而我心裡也始終沒有忘記羅大佑一九八三年在《未來的主人翁》專輯內頁寫下的那段話：

雖然我知道自己做的不夠好，但起碼我知道我進步在那裡。因為我清楚我有沒有盡力去做，所以我依然不會塞一首不痛不癢的歌在你手裡，你會瞭解的……開闊我們的心胸視野吧！讓我們一起努力，讓後來的人更好走。否則，三十年風水再轉以後，我們可別再聽到我們曾經抬頭問的那一句話：「這一大段時間，你們到底在幹甚麼？」

二〇〇九

我如何成為一個播音員

電台那座Studer盤帶機終於要退休了。也就是說，我在一九九〇年夏天學會的那些本領，終於再也派不上用場了。

這一天遲早要來的，事實上，這一天來得比我想像中晚了許多——早在二〇〇七年，就聽說磁帶大廠Quantegy不再生產盤帶，電台輾轉買來了最後一批存貨，囤起來慢慢用——每捲可錄一小時的四分之一吋大盤帶，品質極佳，「類比（analog）時代」的唱片業，便是用這種磁帶作專輯母帶。但電台盤帶是耗材，使用量極大，必須一再消磁，重複使用。每次消磁，音質總有損耗，最終只能報廢。

工程部買進的那批盤帶，過了這幾年倒還堪用，但盤帶機的替換零件愈來愈難找，維修成本愈來愈高，簡直跟保養古董車沒有兩樣。這家電台，大概是台灣碩果僅存還留著盤帶機服役的廣播公司，但也老早引入電腦錄音系統，盤帶退居「備分」地位。它們終將步上匣式、卡式錄音座與LP唱盤的後塵，「類比時代」的種種輝煌，像沒落的貴族，只能是夕照中蒼涼的背影。

我的依依不捨，不僅因爲一九九〇年在「中廣青春網」學會的盤帶剪接手藝以後再也用不著，也因爲記憶中那幅題爲「播音室」的風景畫，從此不再完整——一按開關便吱吱震動的消磁機，按下REWIND便會迅疾退帶到底的盤帶機（同時音樂和口白都以壓縮數十倍的速度倒放出來，效果滑稽得很），一捲捲盛在灰皮硬紙匣子裡的四分之一吋盤帶，一盞盞明滅的「播音中」紅燈，一扇扇極之厚重的裝著兩層玻璃的隔音門，一排排飾以各色燈號的音量推鈕，一只只懸臂吊著或者立座夾著的麥克風，一副副接著蜿蜒訊號線的大耳機……，它們從我懂事以來，就是兒時記憶的一部分。

我是播音員的孩子，很早就從父母那兒學會一口標準的「播音員國語」。母親從小就常帶我去電台，偶爾工作忙不過來，還會讓我自己招計程車過去找她。我上了車，熟極而流地說：「麻煩到仁愛路三段五十三號中廣公司」，便常有開車的外省伯伯用家鄉腔驚奇地問：小弟弟，你是哪裡人哪？國語怎麼說得這麼標準哪？

仁愛路三段五十三號，那地方現在已經蓋起了高聳入雲的豪宅，然而只要閉上眼，我仍能細細憶起那幢被鏟平之前的，現在想起來其實並不太大的「中廣大樓」——院子入口是警衛室，戒嚴時代，電台和軍營陣地、政府機構一樣是「保防重地」，但警衛阿伯都認得我，所以揮揮手就放行了。穿過院子，左邊還有一幢樓房，高懸著中廣的標幟和遒勁的「自由中國之聲」六個大字。走進門廳，地板鋪著溝紋密密的深紅塑膠毯，若是下雨天，鞋底總會在那上面踩出嘰嘰的聲音。來客得在門廳的接待處填表登記，但裡面的叔叔也認得我，就讓我進去了。左轉是著名的中廣音樂廳（我曾參加的「中廣兒童合唱團」每週在那兒集合練唱，八〇年代末薛岳主持的「週日新鮮派」在那兒辦過許多搖滾演出，包括肝癌消息曝光後他主持的最後一集節目，他唱〈失去聯絡〉，所有人哭成一團）。右轉有一間極大的錄音室，是錄廣播劇的場地，擺著許多製造聲效的道具，包括一座可以推著走的木頭樓梯。我小時候曾在那兒客串過一齣廣播劇的孩童角色，台詞不超過三句，內容全忘了，只記得冷氣開得極強，人都凍傻了。

直直穿越大廳，樓梯向左右分開。一層層往上走，有一角陳列著電台歷史文物，牆上掛著課本裡老蔣總統宣布全面抗戰那幀「養天地正氣法古今完人」的仰角照片。記憶中，櫥窗裡便展示著那支沾過總裁口水的老式麥克風，和許多古舊的電波發射器、真空管之類器材。除了偶爾到訪的外賓，大概只有我這個孩子，會對著那些乏人問津的陳舊物事痴痴傻看吧。

母親的同事也都是播音員，每個人講話聲音都好聽，也都喜歡跟我聊天。主持「兒童的音樂世界」的李娓娓阿姨覺得我「口條」還不錯，乾脆邀我每星期在她節目裡說一則故事，材料隨我挑，單元就叫「小球說故事」（我幼時小臉圓圓肉肉，故名「小球」），那時我是小學三年級生。起初錄節目動員全家人助陣，連唸幼稚園的弟弟也來了，大家分配台詞、製造音效，儼然廣播劇的陣仗。後來做熟了，常常一人分飾多角，獨自搞定，末了甚至得意忘形，態度有點兒隨便起來。母親曾經聽了一輯，皺著眉頭說：「你自己也知道你有沒有認真吧。」這句話，讓我羞愧了很久。

當年錄節目是有鐘點費的，錢由母親代領，但我有一本小冊子，每筆收入都鄭重其事記在上面。加來加去不過幾百塊錢新台幣，但對一個小學生來說，已經很志得意滿了。況且，每星期去中廣，警衛室阿伯若是盤問來意，我的台詞不再是「我來找我媽媽」，而是「我來錄節目」——多專業！多得意！

「小球說故事」做了一兩年吧總有，手邊合適的故事書幾乎都用完了纔喊停。回想起來，作為一個小小播音員，我的表現只能說差強人意。口齒大概還算

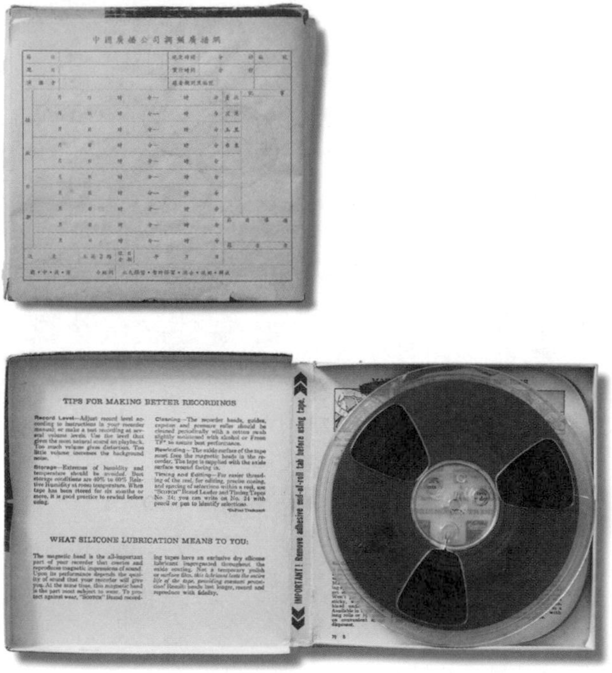

一九七九年「中廣」專用盤帶，錄有侯德健演唱〈龍的傳人〉最初的demo，廣播人陶曉清提供。這是帶寬1/4吋盤徑七吋半的小盤帶，業界常用的還有十吋半的大盤帶。

清晰，風格中規中矩，絕對稱不上大方活潑，可能還有幾分老氣橫秋的油條味兒（若我今日聽到一個孩子那樣說話，應該會非常厭惡的）。除了一開始進錄音室必須知道的幾項基礎知識，比方講話不要太貼麥克風免得「噴麥」、怎樣比畫手勢和玻璃對面的錄音師叔叔溝通，我不記得李阿姨或母親可曾對我施以任何「播音員訓練」，我猜她們應該沒有甚麼「培植」之心，絲毫沒想過要讓我變成「廣播童星」。那時候做節目從來沒怎麼在意「聽眾」這回事，甚至好像也沒有收到過甚麼聽眾回應——就算有，我也記不得了。

就這樣，糊里糊塗客串了一陣子小小播音員，若說這就叫「入行」，實在有點兒牽強。但這樣玩過一陣之後，播音室便可以不只是「媽媽的地方」，偶爾也不妨是「我的地方」了。

再次讓播音室變成「我的地方」，得等到一九八九年，考上大學等著上成功嶺的那個暑假。在「中廣青春網」主持老歌節目「回到未來」的藍傑阿姨，透過母親問我願不願意在她的節目開一個單元，詳細介紹披頭——或許她看到了我在高中校刊寫的披頭文章吧。那年我剛滿十八歲，正巧是母親二十多年前開始做廣播的歲數。藍傑，纔是正式帶我「入行」的恩人。

母親當時是「中廣青春網」的總監，這個頻道是台灣第一個鎖定年輕聽眾，全部節目播放流行音樂的電台，集合了一批台灣廣播史上最最放肆乖張、在老播音員耳裡簡直「動搖國本」的年輕ＤＪ——啊是的，那時候年輕人不再說「節目主持人」，要改稱「ＤＪ」了。「青春網」的ＤＪ幾乎沒有人在乎「播音員國語」，ＡＢＣ腔、廣東腔、英文腔、台語腔……葷腥不忌冶於一爐。須知在此之前，任何人要在官營電台做節目，一口「播音員國語」永遠是最起碼的條件，「青春網」率先打破這門規矩，從此解放了收音機的「口音」。此外，「青春網」也是台灣第一個開放「叩應」的官營電台。當年媒體尺度不比現在，萬一現場叩應被「匪諜」或者「少數陰謀分子」滲透，當著全國聽眾大呼反動口號，必將驚動層峰、株連無辜。於是特別規定「叩應」內容必須先錄下來，確定沒問題再播出。收音機裡的叩應，其實是幾分鐘前錄的。

當年那群青春網ＤＪ，個個生毛帶角，個性鮮明：熱愛重金屬的Robin（後來進軍電視圈，成為賽車評論員），主攻重搖滾老搖滾的楊嘉和于婷（人稱「搖滾皇后」），專精爵士樂的賴聲川，介紹英倫「新音樂」的程港輝（爵士樂功力也極其深厚），主講鄉村樂的蔣國男，都是「活字典」等級的厲害角色。彼時舶來音樂資訊珍罕難尋，對求知若渴的樂迷來說，陣容華麗的「青春網」ＤＪ們簡直是盜火的普羅米修思，每天送來的電波，都埋藏著啟蒙的密碼。

藍傑是楊嘉的姊姊，早年曾經做過翻版唱片生意，除了排行榜金曲，也曾引進許多西洋搖滾前鋒作品。楊嘉始終在唱片圈工作，藍傑的正職卻是壽險業務。這對姊妹音樂功力深不可測，一肚子掌故信手拈來，都是作論的材料。她們的節目各擅勝場：楊嘉口味比較重，精神核心偏向七〇年代前衛搖滾與重搖滾，藍傑的情感則更靠近五、六〇年代的搖滾啟蒙期，氣質溫潤一些。

藍傑約我喝咖啡，我帶著一冊密密麻麻寫滿研究筆記的本子赴會，忐忑而興奮地作了一場披頭歷史大河劇暨廣播節目專題規劃簡報。她似乎對節目內容一點兒都不操心，悠悠聊了些不甚相關的家常話題，便把這事講定了。自此，我每週在「回到未來」擔任客席DJ——事隔多年，又得每星期到仁愛路三段五十三號報到了。

從中廣大廳樓梯上去左轉，彎進窄窄的走廊，便會通到第八控制室，簡稱「八控」，你遠遠就知道那是青春網的專屬錄音間，因爲它從裡到外貼滿了搖滾海報。青春網是當年惟一規定所有主持人都必須「自控自播」的電台，DJ必須坐在中控台前，一邊講話，一邊操作兩部LP唱盤、兩部CD機、一排匣帶機、兩部卡式錄音座、兩部盤帶機……。右手邊那面牆排滿了CD，左邊和後面的牆則排滿了匣帶，包括台呼、jingle、廣告、片頭片尾、串場音效、常備歌曲和每週更換的推薦新歌——現在的電台已經看不到匣帶，都改用電腦了。

一九八九年夏末某日，「回到未來」披頭單元第一次錄音。我全身僵硬，耳機裡聽到自己的聲音極其彆扭，那些熟悉的機具，驀然顯得巨大無比。ON AIR紅燈一亮，藍傑簡單開了個頭便讓我接著講。我一口氣獨白十二分鐘，纔讓她有空插嘴播歌。然而她一點兒都不著急，微微笑著，讓出空間，儘我自己慢慢找到更合適的節奏。那一天，開啟了我的「DJ生涯」。

「回到未來」的錄音時段多半訂在中午，我總是從家裡踩腳踏車去仁愛路中廣大樓，十分鐘就到了。藍傑每次都會買兩個便當等我一起喫，我們就坐在安靜的播音室裡喫飯閒聊，喫飽纔上工。有一次錄音，正說到關節處，一個排骨飯味道的飽嗝湧上來，我努力要把它壓下，一句話憋到一半變成牛鳴。藍傑噗哧一笑，倒帶重來。於是我知道：上節目還是盡量別喫太撐，萬一是現場直播就糗大啦。

在藍傑節目當了好一陣子特別來賓，披頭之後，又陸續介紹了滾石（Rolling Stones）、吉米韓崔克斯（Jimi Hendrix）、做過一系列藍調溯源的專題，還有萬分艱難的巴布迪倫（Bob Dylan）——滾石介紹告一段落那天，藍傑問我接下來還想介紹誰呢？該輪到迪倫了吧。我歎道：迪倫很難哪，恐怕得給我半年來準備。一旁的錄音工程師翻了翻白眼說：哼哼，半年？大概不夠喔。我被他這麼一激，當場決定非做到不可。

若要「攻讀」迪倫大量用典、雅俗混搭的詩句，唱片裡沒有歌詞，「聖經」只能是母親珍藏多年，收錄他歷年歌詞、詩作、素描的精裝大書《巴布迪倫圖文作品輯》（Writings and Drawings by Bob Dylan），遇到讀不懂的字詞，便得翻查《大英百科全書》、《美國當代俚語俗語辭典》。至於字典查不到的時代掌故，還得翻閱四五種版本的迪倫傳記。對付迪倫那些繁複晦澀的詩句，我也不可能在節目裡逐字詳解變成「搖滾英文教室」，索性自費影印歌詞，聽眾把回郵信封寄到電台，我就奉送一份「講義」。每個月，我都會抱著那一大冊《巴布迪倫圖文作品輯》到對街便利商店一頁頁縮小複印，剪貼完稿，拼成雙面A3尺寸，再回去印幾十份，一一摺好裝封投郵。當年做這些絲毫不累不煩，只覺得能和陌生人分享自己私心喜歡的音樂，是最最快樂的事。

那年頭的聽眾也很夠意思。廣播聽完，心情激動，於是專程去文具行買信封信紙郵票，寫下洋洋灑灑的收聽心得，出門找郵筒寄出，然後天天守著收音機，期待主持人會提到自己的名字——這樣的場景，如今早被電郵和網路留言板取代。然而當年家用傳真機尚不多見，網路更是聞所未聞。除了現場「叩應」，信封信紙就是你和「收音機裡那個人」惟一的互動管道了。

中廣畢竟是電台霸主，台澎金馬甚至福建沿海都聽得到「青春網」，聽眾回信也來自四面八方：中學女生常把信紙摺成花里胡哨的立體工藝品，我拆讀之後永遠摺不回原樣。準備聯考的高三男生密密麻麻寫了四五張信紙痛陳教育體制的扭曲與不義，彷彿我是世間惟一能理解他的人。一次重感冒，我請聽眾原諒自己講話齉聲齉氣，東部一位在便利商店值夜班的女孩竟親手織了圍巾寄來。還曾經收到一封監獄來信，薄薄一張十行紙，字跡工整，稱讚上星期節目放的吉米韓崔克斯。受刑人寫信大概有字數限制，內容很短，段末還有典獄長之類的審批印章。我努力想像那人在監舍喫完牢飯，扭開收音機凝聽老搖滾的畫面。那個星期的節目，我又特別送了一首韓崔克斯的歌給他。但願我播的是他翻唱迪倫的名曲〈沿著瞭望塔〉（All Along The Watchtower）：「一定有辦法逃出這裡，」小丑對賊說：「這裡太混亂，我再也喫不消」……。

這些來信，讓我初次窺見了廣播這一行的魅力與風險：原來我在節目裡放的歌、說的話，真的會對素不相識的人產生不可預期的影響。想想那些十六七歲的孩子熬夜寫的長信，這可不是開玩笑的。我也纔十九歲，卻驟然感受到「公器」兩字沉甸甸壓在肩頭——雖然我的初衷，只是想放放老搖滾過把癮而已。

我始終夢想能擁有一個完全屬於自己的節目。大二暑假報名參加「青春網」

ＤＪ儲訓班，學會操作「八控」所有的播音機具，包括那座巨大的盤帶機。後來屢獲金鐘獎的袁永興那時也還是大學生，是一起受訓的「同梯」。如今名滿天下的吳建恆當時初出社會，考進「青春網」擔任節目助理，待遇菲薄，工作卻很辛苦，真的是「從基層幹起」。

那個夏天，是我生平僅有的正式「播音員訓練」。上完所有課程，每個學員都要錄一輯自製節目作爲期末驗收，交給資深ＤＪ群評分。儘管我結訓成績名列前茅，中廣長官考慮母親身爲總監仍宜「避嫌」，終究沒有讓我「扶正」當主持人。「自己的節目」這個夢想，還得再等好幾年纔能成真。但當年學的那些本事，還是很受用的。

彼時「青春網」借鏡美式廣播風格，力求生動活潑的「臨場感」，最忌逐句唸誦廣播稿，更忌言不由衷的熟詞套語。我們學到廣播的大敵是「死空氣」（dead air）——寂靜無聲的「冷場」。電台從開播到收播，中間絕不能出現超過五秒鐘的dead air。事實上，幾乎所有稍微像樣的電台都有自動防止dead air的機制，萬一「冷場」秒數超過設定上限，播音系統會自動插播音樂，工程部則不免兵荒馬亂，檢查直播器材是否出了問題。

「防冷場」是每個ＤＪ的本能，內行ＤＪ都會利用歌曲前奏、間奏、尾奏插入口白，避免dead air乘隙而入。我們學會在播歌同時切換耳機頻道，計算下一首歌的前奏與間奏秒數，務求開場口白剛好收在演奏完結、歌聲初起處。若歌曲沒有前奏（DJ行話稱爲cold，我總有「冷不防」的聯想），也可以利用前一首歌的尾奏介紹下一首歌，或者挑一段襯底音樂作爲過場。一旦駕輕就熟，接歌、插話，都可以和呼吸一樣自然，一段短短的口白便可以製造懸念、煽動情緒、轉換氣氛。這些技巧現在未必希罕，當時卻很新鮮，在「青春網」之前，只有講英文的ICRT聽得到這種風格。

當年的訓練，讓我和許多同行一樣，養成了「防冷場」的本能。即使出了錄音室在人前講話，也無法容忍一兩秒鐘的空隙，總有出聲「填補」的衝動。幸好稍有自覺，總算沒有變成社交場合愛插嘴又滿口廢話、習慣自言自語的傢伙。

節目做得多了，我也嘗試體會廣播這門媒體的特質。我發現「聽廣播」常常是私密的「一對一」經驗，許多人開著收音機只爲驅趕寂寞，所以我想，或許可以試著營造「促膝密談」的氣氛，精心掌握「你」、「我」、「我們」這些詞的落點。廣播沒有視覺刺激，一切全憑聲音，所以一段節目要傳遞的訊息量必須精準拿捏，不可貪心，「鬆」一點，效果或許更好，語速也宜放慢。初做節目，一緊張就愈講愈快，惟恐準備的材料用不完，後來連自己再聽都不免吃力，於是必須

在筆記本寫下斗大的「慢」字自我警惕。我發現，自己覺得「慢」的時候，聽起來反而剛剛好。

我還發現，廣播聽眾有太多游離的「過路客」，他們無所謂現在是誰主持、正在進行甚麼主題，只要音樂不難聽，主持人聲音不討厭，他便可能勾留在這個頻道。節目進行的每一秒鐘，都可能有「新客人」轉進來，你得盡全力留住他，不讓他轉台，而這並不簡單。於是即使進行的是連續好幾輯的主題，我也假定每次至少有一半聽眾是初次收聽的「新客人」，這樣做起節目，口氣就不一樣了。廣播跟任何媒體一樣，絕不能「關門自爽」，我覺得這樣的認知，也是播音員對待聽眾的起碼「禮貌」。

大三那年，「搖滾皇后」于婷也邀我在她的節目開單元。和藍傑溫和持重的主持風格相反，于婷走的是「豪爽」路線，很有「大姊頭」的霸氣——我見過她在直播室放著撼天動地的搖滾，單腳脫了鞋盤坐在旋轉椅上，披著一頭亂髮，聚精會神拿支小剪刀對付分岔的髮尾，表情肅穆，彷彿那是天地間最重要的事。

有一天，我放起洛史都華（Rod Stewart）的〈瑪姬梅〉（Maggie May）。于婷關上麥克風，跌入回憶，絮絮跟我說起當年她還是個小太妹，蹺課和姐妹淘在酒吧閒混，雙腳翹在牆上，仰天噴煙，百無聊賴，店裡喇叭震天價響，放的便是這首歌：「起床了，瑪姬／我有話非得跟你說／已經九月底／我真的得回學校了……你引誘我離家出走／只為拯救你的寂寞／你偷走我的心／那痛苦讓我難以承受……。」

還有一次，我提到披頭名盤《花椒軍曹》（Sgt. Pepper）當年在唱片中央那圈溝槽暗藏了一段奇怪的拼貼音效，有人言之鑿鑿，說反過來「倒放」會聽到一句髒話，但那段音效在美版唱片是找不到的。于婷聞言大爲興奮，決定追求真相——畢竟是中廣，資料室竟讓我們找到一張一九六七年日本東芝印行的原版唱碟，膠盤還是紅色的！盤況奇佳，看似很多年沒人拿來播了。我們把那段音效轉錄到盤帶，再把那段盤帶剪下、兩頭反貼，七手八腳弄了一個多鐘頭，終於聽到傳說中的「魔鬼密碼」。老實說，效果誠然十分詭異，但很難說是不是髒話……。現在用電腦軟體，兩分鐘就能完成這樁工程，卻少了「動手做勞作」的樂趣。

中廣資料室曾經珍藏成千上萬的原版唱片，那是好幾代人的積累。後來那些唱片整批論斤賣給了資源回收業者，一張不留。其中一部分流落到牯嶺街和光華商場的舊書攤，剩下的或許都拿去填了海。早知如此，我當年該把那張日版《花椒軍曹》暗幹回家纔是……。

一九九三年畢業入伍，「青春網」也因電台政策改變，節目大幅調整，苦撐一陣，仍然忍痛收攤，我的「廣播生涯」中斷了兩年。退伍初出社會，我又在「台北之音」李文瑗「台北有點晚」開了每週介紹搖滾的單元，仍然會收到聽眾手寫的來信，彷彿「青春網」的時代並未終結。一九九八年，我總算擁有「自己的節目」，卻只做了兩個多月。那是一個叫「大樹下」的電台——「水晶唱片」老闆任將達不知如何說服了一家原本走「草根賣藥」路線的地方電台老闆，糾集一群熱血青年，全天候播放搖滾與另類音樂。這事情實在太夢幻，果然也因廣告業務欠佳，這場實驗三個月便被迫結束，我的節目自然也告吹了。

後來陸續在幾個地方開單元，延續「青春網」時代的「寄生」模式，直到二〇〇二年，纔終於在News98有了每個週末屬於自己的兩個鐘頭。只做週末節目，其實有點兒像是電台的「化外之民」：週一到週五是廣告業務兵家必爭的時段，週末節目的廣告，則多半是週間時段的「搭贈」，收聽率壓力相對也小一些。我做節目這些年，從來沒有遭受「業務配合」壓力，電台長官也從未干涉我的節目內容。能在擁擠的空中找到安身的角落，放愛放的歌，說想說的話，訪想訪的人，這實在是我的幸運。

即使在「青春網」結束多年之後，仍有好幾位初識的朋友告訴我：當年他們如何把我的廣播單元逐週錄成卡帶編號珍藏，甚至拷貝一份放在學校音樂社團，當成大家「自修搖滾史」的教材。這樣的故事到了二十一世紀，竟又改頭換面重來一次：這幾年，開始有對岸樂迷逐期蒐集我的節目錄音，透過網路社群分享同好。前不久，一位在北京工作的朋友相告：他在一場音樂節的攤位上竟看到有人把我整年分的廣播節目逐輯錄下，燒成「私釀版」（bootleg）光碟擺售。老實說，還真有點兒「受寵若驚」——「入行」這些年，我做夢也想不到自己講的話、放的歌，竟會用這樣奇特的方式，傳播到無從想像的遠方。

二〇〇五年藍傑淋巴癌辭世，得年五十五歲。當時我便告訴自己，要好好寫點甚麼，記下印象中的青春網，和我所記得的廣播這件事。如今終於成篇，我竟已是她當年帶我入行的歲數。謹此對那位帶我走上這一行的領路人，聊表謝意。

從十八歲暑假第一次在「回到未來」放披頭算起，我的「播音員生涯」，竟已占據一半以上的人生篇幅，眼看還要繼續下去。然而每在播音檯坐定，戴上耳機，「播音中」紅燈亮起，興奮期待之情，仍會油然升起——我從未厭倦這份工作，或許正是因爲我從來不曾把它當成一份工作。於是倏忽二十多年，心情始終帶著「業餘」的輕鬆。母親說過的那句話，我卻也始終沒敢忘記——「有沒有認真，自己知道」。

二〇一〇

那些慣於寂寞的人

廣播就像詩……做得好的話，就會像詩……廣播節目不是「表演」，廣播不屬於演藝界，廣播不會侵犯你，廣播是有一個人發現某件事情很有意思，所以要講給別人聽。你是在跟某一個人講話，你千萬要記住這一點。

——伊麗莎白海伊（Elizabeth Hay），《午夜知音》

打小，我常幻想自己躲在一個小紙箱子裡，箱壁開一個小洞，讓我偷看外間的世界。我將在裡面裝一只電話，這樣既能跟外面說說話，又不需要暴露自己。

多年後當上了播音員，乃發現這份工作，完美地實現了我的童年幻想。

很多年前，當我還是大學新鮮人的時候，曾經在一間傳說中的廣播電台打過一陣子工。每週一次，我在前輩主持的音樂節目擔任固定來賓，放放老搖滾，講講音樂掌故。那個電台叫做「中廣青春網」，從早到晚不間斷地播送流行音樂節目，除了時新的排行榜金曲，也有爵士樂、懷念老歌、另類搖滾和重金屬。那是舶來音樂猶珍罕如沙漠水源的「前網路時代」，對求知若渴的樂迷來說，這個頻道便是「大開耳界」的啟蒙之窗了。

那個暑假我在「青春網」接受儲備DJ的訓練，學會操作機關重重的盤帶機、匣帶機、唱盤、卡座，摸熟了那座滿布按鍵和推鈕的多軌錄音台，練習剪接、cue歌、墊襯樂、算秒數。也是在那個時候，我真心愛上了廣播，希望能當一輩子的播音員。

當時真正受用的，並不是學會怎樣操作那些望之儼然的機具（儘管坐在器械環伺的錄音室中央自控自播，確有類乎駕駛戰鬥機的快感），而是彷彿觸摸到了廣播這門行當的核心精神。

廣播這個行業，就像小說《午夜知音》裡老鳥說的，看似出風頭，其實並不屬於「演藝圈」。播音員的待遇向來菲薄，從來撐不起「演藝圈」最重視的「排場」。或許正因如此，播音員也比較懶於像「演藝圈」的角兒那樣戮力鑽營、廝殺逐利、爭搶版面。電台的主事者，也往往願意讓播音員多一點兒自爲、任性的空間。很多有意思的事情，便從這樣的空間裡冒出來了。

「廣播就像詩，電視像轟動的暢銷小說」——小說裡的老鳥如是說。我則覺得，有時候，廣播也很可以是散文。廣播是斗室裡的促膝長談，電視則是千萬人前的公開講演。

廣播慣於寂寞，慣於填補那些熱鬧之後的冷清，慣於繞開人多的地方，在荒地裡生一堆火，讓不想湊熱鬧的人也有個地方可去。依賴廣播的人，多半也是慣於寂寞的：他們在漫漫長路開著計程車或貨櫃車，在深夜準備期中考，在工廠生產線重複著單調的動作，在冷清的便利商店值大夜班，在檳榔攤包著菁仔。偶爾他們心血來潮，撥電話去叩應，這時候，播音員這頭的寂寞，便和電話線那頭的寂寞串在一起了。而所有聆聽著的寂寞的耳朵，也都聚精會神地靠在一塊兒了。

當初受DJ訓的時候，我那做了幾十年廣播的母親，也是彼時「青春網」的總監，曾經告訴我們這些抱著廣播夢的小毛頭：你面前這支麥克風是公器。你永遠不知道是哪些人在聽你說話、你的話又會帶給他們甚麼影響，所以，絕對不可以在廣播裡宣洩未經處理的負面情緒。

於是，廣播也可以是充滿壓抑和暗流的了——儘管我知道母親並不是這個意思。我知道廣播在本質上是「一對一」的媒體，然而我從來不曾在腦海中描繪出

播音中
STUDIO ON

一個「想像中的完美聽眾」。只是偶爾，我獨坐在播音室，心力交瘁，耳機裡只聽到自己疲憊嗄啞的聲喉，我便會播送幾首美好得近乎殘酷的歌，並且幻想哪裡有哪個聽眾扭開收音機，聽到這一段，不禁開心或悲憤地罵聲髒話。這樣的想像，總是能讓我好過一點。

我的母親十八歲便入行做廣播，父親在電台工作時和母親相識，兩人戀愛沒幾個月便結了婚，婚紗照還刊在當年的《廣播月刊》封面。很多我童年記憶的場景，都發生在電台——精確地說，是在台北市仁愛路三段五十三號的中廣總部——那幢老樓如今早已夷平、蓋起了睥睨全台的豪宅，然而我仍能在記憶中一間間、一層層地把它重建回來。

我記得兒時去電台，母親在播音室忙，她的同事招呼著我，從辦公桌抽屜掏出一則社論剪報，要我唸來聽聽，彷彿是要驗證一下我的播音員血統。我也記得盤帶急速退帶到底時，磁帶尾巴一圈圈打在機器上的啪啪聲響，若不伸手輕輕摁止疾轉的盤帶，那尾巴最終會被打成碎片，紛飛掉落滿地。

我記得錄音室牆面是一片片打了很多小洞的吸音隔板拼成，掛著一幅幅播音手勢圖解（播音員和錄音工程師隔著玻璃，得靠手勢溝通）。一次我闖進了最大的那間錄音棚，那是錄廣播劇的地方，四散著製作音效的道具，體積最大的是一架可以搬動的木頭樓梯，若有需要，演員便走上走下，踏出回音巨大的腳步聲。

電台頂上巨大的天線塔，日以繼夜向世界播送著各種各樣的聲音。明明很多人在那幢樓裡進出，記憶中的電台大廳，卻總是安靜而壓抑，總是空蕩蕩的。彷彿隔音門一關，所有的喜怒哀樂便都留在那一間間斗室裡，而與旁人無干了。

讀著《午夜知音》，幾個人在荒僻的加拿大小鎮電台偶然交集，各自背負著沉重的故事。故事一個疊著一個，終局卻像書中人意欲用錄音機替那冷冽的世界留下一些紀錄，最後攔住的，只是更多的寂寞和荒涼。想起書裡的年代，距離兒時的電台印象並不甚遠。於是便彷彿看到了明滅的ON AIR紅燈，聽見了厚重的吱嘎作響的隔音門，聞到了播音室裡一排排老唱片混雜著故紙和塑膠的氣味。

那好像是把我的童年幻想放大了幾千幾萬倍：我從紙箱的小洞往外窺視，只有一望無際的冰原、永夜的天空和遙遠的極光。拿起身邊的電話，卻無人語，只有風聲，間以麋鹿成群踏雪而過的窸窣聲響。

二〇〇八

註：《午夜知音》（Late Nights on Air）是加拿大作家伊麗莎白海伊（Elizabeth Hay）二〇〇七年榮獲季勒文學獎（Giller Prize）的長篇小說，中譯本由遠流出版社發行。

一九七六年那隻可樂瓶

那是一隻在神話場景中爍爍發光的玻璃瓶。熱血歌手拎著它上台，慷慨陳詞，然後憤然擲之於地，霹靂一響，流光四濺，全新的歷史篇章於焉開啟。

一九七六年十二月三日，淡江文理學院（今淡江大學）有一場民謠演唱會。據說，那個不修邊幅的胖子，扛著吉他，拎著可樂瓶，上了台便說：「從國外回到自己的土地上真令人高興，但我現在喝的還是可口可樂。」他轉向舞台上剛剛唱完英文歌的同學，不客氣地問道：「你一個中國人，唱洋歌，甚麼滋味？」

那同學慍然回道：只要旋律好，外國歌中國歌都唱。胖子顯然對這答案不滿意：「我們請今天主持的陶小姐回答這個問題，她主持節目十多年，一定可以給我們一個滿意的答覆。」

廣播人陶曉清那天應同學邀約來主持節目，演出人並不是她找的。面對突然的尷尬場面，她試著打圓場，據說她是這麼回的：「並不是我們不唱自己的歌，只是，請問中國的現代民歌在甚麼地方？」

胖子有備而來：「在我們還沒有能力寫出自己的歌之前，應該一直唱前人的歌，唱到我們能寫出自己的歌來爲止。」——這是小說家黃春明的名言。

然後據說，胖子奮力把可樂瓶摔碎，嚇壞了不少同學，接著彈起吉他，唱起一九四八年李臨秋作詞的歌謠〈補破網〉：

見著網，目眶紅，破到這大孔
想欲補，無半項，誰人知阮苦痛？
今日若將這來放，是永遠免希望
為著前途針活縫，找傢俬補破網……

這首歌曾和許多母語歌謠一齊被國民黨禁唱，理由不外「傳播灰色消極思想」。然而，它仍在民間傳唱不輟，並在後來的政治抗爭運動中，披掛上更激切的象徵意義。對聽慣了木匠兄妹（The Carpenters）和約翰丹佛（John Denver）的同學來說，這首歌未免太不合時宜，況且胖子的歌喉實在不怎麼樣。底下噓聲四起，胖子充耳不聞，又唱了一九三三年周添旺作詞的〈雨夜花〉：

雨夜花，雨夜花，受風雨吹落地
無人看見，每日怨嗟，花謝落土不再回
花落土，花落土，有誰人倘看顧？
無情風雨，誤阮前途，花蕊若落欲如何？……

他甚至還唱了一九二五年黎錦暉寫的〈國父紀念歌〉（原本叫〈總理紀念歌〉）：

我們國父，首倡革命，革命血如花
推翻了專制，建設了共和，產出了民主中華……

是有那麼幾個人鼓掌，但噓聲更多更響。胖子生氣了，他漲紅臉說：「你們要聽洋歌？洋歌也有好的！」於是他唱起巴布迪倫的〈飄蕩在風裡〉（Blowin' in the Wind），一首曾在十三年前敲醒萬千西方青年的歌：

一個人要仰頭幾次，纔能看見藍天？
一個人得長幾隻耳朵，纔能聽見人民的哭喊？
得奪去幾條性命，纔能讓他明白，已經有太多人死去？
答案哪，朋友，飄蕩在風裡，
答案飄蕩在風裡……

唱罷，據說，胖子激憤呼吼：「我們應該唱自己的歌！」然後丟下滿場錯愕，下台離去。

這胖子名叫李雙澤，時年二十七歲。九個月零七天之後，一九七七年九月十日，他在淡水爲救人被大浪捲走，時年二十八歲。從「淡江事件」到溺海身亡，短短兩百多天，他身體力行，寫下九首新作，包括後來傳唱極廣的〈少年中國〉和〈美麗島〉。他始終念茲在茲的「唱自己的歌」，後來亦變成一代人朗朗上口的啟蒙名句。

一九七六年冬夜那場突發事件，既無錄音，更無照片，只有在場者的事後憶述，不免染上重重神話色彩。那隻被砸碎的可樂瓶，在這段史稱「淡江事件」或乾脆叫「可樂事件」的傳奇之中，始終是畫龍點睛的關鍵道具。那瓶可樂，究竟背負了多少沉重糾結的歷史情緒？

據查，可口可樂進入華人世界，始自一九二〇年代，但流傳始終不廣。大陸易幟，國府遷台之後，兩岸更無引進。直到一九六八年，可口可樂方纔正式設廠台灣，距「美軍顧問團」在一九五一韓戰後大舉駐台，倏忽已十七年。美國流行文化亦隨美軍駐台而漸漸取代早年的東洋文化，成爲台灣青年時尚主流。可口可樂，和牛仔褲、好萊塢電影、還有美軍電台播放的「熱門音樂」，一齊成了「西風壓倒東風」的象徵。

一九七一年，台灣被迫退出聯合國，次年尼克森訪問北京，簽署《中美聯合公報》。不到三年，全球近三十國陸續與台灣斷絕外交關係，愈形孤立的國民黨政權以「國際姑息逆流」稱之。那段時間成長的台灣青年，面對的是一個動盪不安的「大時代」，世界紛紛亂亂，整片島嶼被拋向未知，大人眼中滿載著惶惑，青年的身軀則翻騰著澎湃的民族熱血。「保釣」運動初興，成爲集體情緒宣洩的出口。一度在六〇年代蔚爲主流的「存在主義」風潮，那股蒼白、虛無之氣，到七〇年代漸漸化開，讓位給鄉土與現實主義的藝文路線。

七〇年代初，還在淡江念書的李雙澤，在台北「哥倫比亞」咖啡屋結識一群年輕歌手：胡德夫、楊弦、吳楚楚、楊祖珺……。起初大家都唱英文歌，崇拜迪倫、瓊拜雅（Joan Baez）、唐諾文（Donovan）和保羅賽門（Paul Simon），卻漸漸在那樣的時代氣氛下，感到「唱洋歌」之底氣不足——你我唱得再像，畢竟生來不是白膚碧眼。那歌寫得再好，畢竟並非我鄉我土所出。這股心虛一旦勾起，便難再撲滅，惟一出路，便是自創新曲，在「洋歌」與市面上被詆為「靡靡之音」的本地流行歌曲之外，另闢道路。李雙澤居中鼓吹，尤其熱切，各人摸索試驗，總算有了幾首成果。

一九七五年，楊弦終於「正式打響革命第一槍」，在當年最體面的演出場地——台北中山堂舉辦創作歌謠發表會，演唱余光中詩作譜曲的新歌。之後發行唱片《中國現代民歌集》，迴響遠超預期。廣播人陶曉清在「中廣」節目邀訪歌者，播放新曲，籌辦演唱會，在原以西洋「熱門音樂」為主的節目中專闢時段，介紹青年新創曲，成為最重要的「推手」。然而，幾乎沒有人意識到那可以是一場「運動」，更不敢奢想自己的歌真能動搖整個時代——那幾個青年人，腦中大約是從未浮現「流行」二字，而更像同人團體的「藝文實驗」吧。

李雙澤，或許是極少數的例外。他始終抱著極其強烈的使命感，並且深深相信歌曲作為革命武器的潛在力量。

「可樂事件」那一夜，李雙澤剛剛浪遊世界歸來。他從淡江輟學，花了兩年遍歷歐美各國與父親的僑居地菲律賓，大開眼界之餘，也體驗了白人社會的種族歧視，見識了西方強權在第三世界留下的殖民陰影。從西班牙農村、菲律賓魚市到紐約街頭，年輕人喝的都是可口可樂，聽的都是英文歌——他曾在菲律賓拍下一幀照片：背景是球場的草坪，鐵網圍籬高懸著鮮紅巨大的可口可樂廣告牌，一個穿牛仔褲的青年閒坐其下，茫然遠眺——這幀照片在李雙澤死後被好友梁景峰選為遺作文集《再見，上國》封面，微言大義，點滴在心。

那晚的主持人陶曉清，正巧是我母親。據她回憶，那天原本辦的便是西洋歌曲演唱會，類似活動各地校園幾乎週週都有，並不希罕。登台的不只淡江同學，還有在著名的「艾迪亞」西餐廳駐唱的賴聲川、胡因子（便是後來的巨星胡茵夢），李雙澤也有交情的。那天現場的學生並不多，相較於楊弦前一年那場冠蓋雲集、頗受藝文圈注目的演唱會，淡江這場活動實在是簡陋而隨興的。若非這「擦槍走火」的風波，加上事後校園刊物追敘、論戰，把它變成了傳奇神話，這場演唱會，大抵就和當年千百場校園活動一樣，很快就會被遺忘了。

三十多年之後，我們纔知道：「可樂事件」那天，李雙澤並非受邀演出的嘉賓，而是去替胡德夫「代班」——演出前夜，胡德夫在駐唱的餐廳和人打架，據說打贏了，但還是掛了彩，於是自己去醫院包紮，懶得留院休息，逕回租處二樓後陽台，抽菸看風景。渾不知自己失血過多，竟然眼一黑，凌空摔進樓下堆著裝空啤酒瓶的木箱，碎玻璃扎了一身，牙也碰掉了。狼狽回到急診室，護士驚呼「你怎麼又來了！」

原本胡德夫還想帶傷赴會，但牙沒了，唱歌會「漏風」，只好緊急央求老朋友「救一下」。那天他雖不能上台，還是去了淡江。胡德夫記得的是：李雙澤上台前八成喝了酒壯膽，登台時滿臉通紅，「像扛扁擔一樣扛著吉他」，那隻可口可樂玻璃瓶並非捏在手裡，而是吊掛在琴頭，隨著胖子的大步流星一晃一晃。

我的母親記得的卻不是這樣：她說，李雙澤根本沒有拿甚麼可樂瓶，他帶上台的大概是一隻杯子之類。而且，他也沒有在台上摔破那隻不管是杯子還是瓶子，那是後來的人加油添醋的情節。

——所以，這整個事件中真正摔碎了的瓶子，其實是前一天晚上被從天而降的胡德夫壓破的那幾箱啤酒瓶，不是甚麼可口可樂？

李雙澤死的那年我纔六歲，究竟是否見過這位胖墩墩、大嗓門、邋里邋遢的叔叔，也不記得了——對他，我惟一的記憶，來自《再見，上國》封底那幀照片，一個戴黑框眼鏡、赤膊套著連身工作服的胖子，滿頭亂髮，盤坐抱琴，咧齒

《再見，上國》封面、封底，一九七八年九月長橋出版社初版，紀念李雙澤逝世週年。

而笑——李雙澤存世的照片不多，但每張照片裡的他都笑得很開懷，彷彿對生命很滿意，對世界也有無窮信心。

曾幾何時，我不但活過了李雙澤在世的年紀，也比當年主持晚會的母親多長了好幾歲。二〇〇七年十月，「野火樂集」整理出版李雙澤遺作錄音，並在淡江大學活動中心辦了一場致敬演唱會。母親事隔三十一年重返舊地，擔任主持人，我則應邀與她搭檔。開場嘉賓是滿頭白髮的胡德夫，他終於還了老友當年「救火」欠的那個人情。

燈暗幕啟。一束聚光燈打在舞台上一隻曲線玲瓏的可樂瓶，反射出四散的流光，彷彿滿盛著晶瑩耀眼的故事，靜靜等著誰來打碎。

二〇一〇

再唱一段思想起

有太多厲害的音樂，演出結束便隨風而逝，僅僅留在那些有幸親臨的耳朵裡。即使真有人在適切時刻按下了REC鍵，它們還得抵擋歲月流徙、天災人禍，若沒人著意護持，隨時會跌進歷史的裂縫，屍骨無存。我們現在聽到的那些，只能是流光滿溢的漫長樂史當中，有幸篩下的零金碎玉。

比如一九七九年深秋某日，恆春老人陳達揹著月琴到台北錄音室為雲門舞集《薪傳》錄唱〈思想起〉。那天他先要了米酒和花生米，然後一口氣唱了三個鐘頭，從唐山過台灣一路唱到蔣經國。然而今存錄音僅餘片段，完整母帶多年前被林懷民的朋友搞丟了——但即使它留了下來，是不是還能躲過二〇〇八年二月那場燒光了雲門排練場的大火呢？

我的母親做了一輩子廣播，手邊積下好幾百捲訪談紀錄、歌手試唱、演出實況的卡帶存檔。發黃的標籤寫著錄音日期，最老的紀錄足可回溯到七〇年代初，卡式錄音機剛剛普及的時代。就跟大部分這類物事的命運一樣，它們被遺忘在一格格抽屜裡，緘默了許多年。

大學時代，我曾一時興起，把每一捲都拿出來放放看。早年的卡帶物料頗佳，竟頂住了潮氣和黴菌，音質清晰，絕少絞帶。我翻翻揀揀，看見一捲帶子寫著「陳達」，當下心頭一震：老人存世錄音極少，任何斷簡殘篇都是重要文化財。這將是新出土的紀錄麼？

顫著手按下PLAY，咦，一個男人在講航海的事情，講個沒完。整捲聽完，哪來的陳達？那是一九七七年遠航南極的「海功號」船長訪問。我問母親：海功號跟她的熱門音樂節目有甚麼關係？她也不記得了。那陳達呢？大概被這個訪問洗掉了吧。

原先錄的陳達是甚麼內容，總該有點印象？母親想了想，搖搖頭。也不怪她，畢竟都這麼些年了。那麼，就當它只是從唱片轉錄成卡帶的備分吧，這樣想，比較不失落。

然後又是十幾年過去。回家陪母親整理舊物，竟翻出另一捲寫著「陳達唱歌」的帶子。

有了上回的經驗，這次我手也不抖，放來聽聽再說。我猜這八成又是船長訪談。即使裡面真有陳達，恐怕也是唱片轉錄的，沒甚麼希罕——我已經不是那樣容易大驚小怪的年紀了。

按下PLAY，月琴一陣緊似一陣，蒼勁的老嗓子揚起，狂野而婉轉，苦楚而放肆。月琴嘈嘈切切，揮灑出滿城風雨飛霜。老人從〈五孔小調〉轉到〈思想起〉，一氣呵成，唱了二十九分鐘。

那是陳達未曾收錄在任何出版物的實況。母親一聽便認得：這是在「稻草人西餐廳」的演出。

台大對面的「稻草人」是彼時文藝青年出沒的民謠咖啡屋。一九七七年初，陳達來店駐唱，母親拉著父親一起去聽，這捲帶子便是那天錄的，證據就在歌裡——不知道誰和老人說了：今晚在座，有個很有學問的馬老師來看你，陳達便即興把父親編進了他的唱詞：「姓馬先生文秀才……」

那兩年，陳達在「稻草人」唱了總有幾十場，前去親睹的文藝青年絡繹不絕，實在很難相信始終沒有人在現場按下「REC」。然而這二十九分鐘，確實是我所知道存世僅有的孤本了。

那一夜，在母親的卡帶裡封印了三十多年。我把它轉成MP3，上傳到網

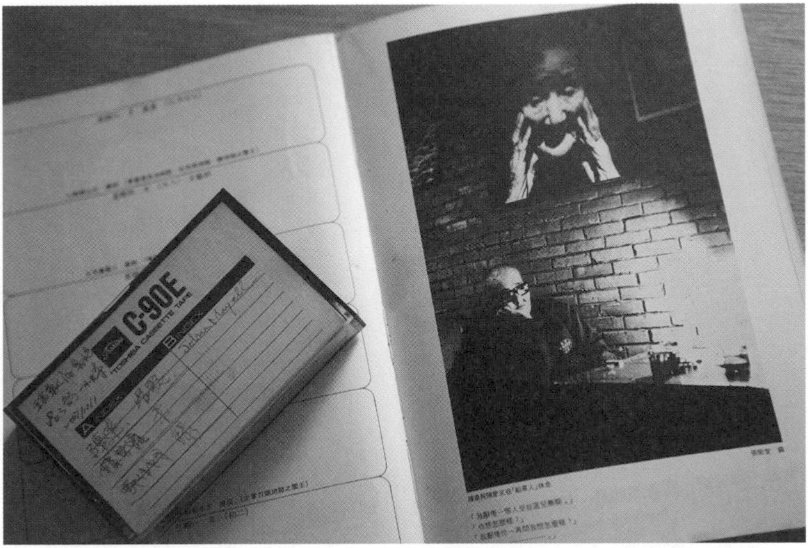

「陳達與陳廖全在『稻草人』休息」，張照堂攝，摘自一九七八年《生活筆記》，張照堂主編設計。這捲卡帶便是陳達在「稻草人」演唱的實況。

路。老人的聲音活了起來，化爲流竄的數碼，重新從四通八達的iPod耳機和電腦喇叭奔騰而出。

而我正等待識得恆春鄉音的耳朵從網路彼端捎信來，爲我譯解老人古奧的唱詞。都這麼些年了，我很願意再多等一等的。

二〇〇九

註一：這段陳達演唱的實況錄音，可在作者部落格honeypie.org線上聆聽，以「陳達」作關鍵詞搜尋即可。

註二：吾友Johnson讀完拙作，來訊告知：那捲一九七九年陳達為雲門錄唱的母帶後來找到了，也在八里大火後倖存，只是沾了灰又泡了水，修復母帶將是艱鉅的工程，衷心祝禱這份重要的歷史文化財，能有重見天日的一天。

告別，不要告別

兩首歌的曲折故事

有那麼幾首歌，妥妥貼貼藏在心底，卻不大捨得聽，因爲它們太完美。每一播放，便不免殘酷地映照出世間的醜陋與無聊。靈魂不夠強悍的時候，驟臨那樣磅礴淋漓的美，簡直令人絕望。

李泰祥和唐曉詩合唱的〈告別〉（一九八四），就是這樣的歌。然而，世間原本不會有這首歌，只有另一首叫做〈不要告別〉的歌。

一九八四年，李泰祥在「滾石」唱片爲唐曉詩製作新專輯《黃山》。他特別重視其中重新詮釋的舊作〈不要告別〉——十多年前，他把這首歌賣給了「歌林」唱片，歷來許多人都唱過：李金玲、洪小喬、黃鶯鶯、蕭孋珠、鳳飛飛、劉文正、江玲……，劉文正甚至前後錄過兩種版本，〈不要告別〉簡直成了歌林歌手「必考題」。然而，沒有任何一個版本符合李泰祥心中這首歌「應然」的模樣。足足等了十年，他纔終於找到「對」的歌手，得以用「對」的方式整治〈不要告別〉。

李泰祥的音樂生涯，起初和「通俗歌曲」沒太多瓜葛：他是阿美族原住民，十五歲便拿下全省小提琴大賽冠軍，藝專音樂科畢業，當過台北市立交響樂團小提琴首席。整個六〇年代，李泰祥的熱情投注在巡迴演奏和作曲。七〇年代初，他一面爲廣告公司做配樂，偶爾寫流行歌曲賺外快，一面投入「前衛音樂」與「實驗音樂」，兩腳各自踏在最世俗和最孤高的領域。當年唱片公司聘人寫歌，詞曲都是一次買斷，並沒有「版稅」這回事。「歌林」買下〈不要告別〉，付給李泰祥的作曲費是兩千塊錢新台幣，衡諸當年行情，並不算差。但「銀貨兩訖」之後，這首歌會變成甚麼樣子，作者是無權過問的。

〈不要告別〉作詞人Echo，本名陳平，另一個更響亮的筆名是三毛。和李泰祥「兼差譜曲」一樣，她也在散文、小說之外，間或寫寫流行歌詞。這是她爲〈不要告別〉寫的詞：

我醉了，我的愛人
我的眼睛有兩個你，三個你，十個你，萬個你

不要抱歉，不要告別
在這燈火輝煌的夜裡
沒有人會流淚，淚流……

我醉了，我的愛人
不要，不要說謊
你的目光擁抱了我
我們的一生已經滿溢
不要抱歉，不要告別
在這燈火輝煌的夜裡
沒有人會流淚，淚流……

〈不要告別〉一九七三年錄成唱片，三毛剛滿三十歲，還不是家喻戶曉的名作家，剛搬去西非沙漠定居，正要動筆寫下轟傳一代的《撒哈拉的故事》。三十二歲的李泰祥則應邀赴美，在聖地牙哥現代音樂中心深造，滿心都是他的前衛音樂大業。對於〈不要告別〉的後續發展，他們恐怕是無暇分心關注的。李泰祥從唱片聽到這首歌，得等到次年回國之後——據他回憶，聽到歌星把〈不要告別〉唱成了「東洋調」，使他感到錯愕，覺得那「完全不是他心目中的歌曲」。從此，用自己的方式重新演繹〈不要告別〉，成了他壓在心底的一樁願望。

一九七五年，歌手楊弦在台北中山堂舉辦歌曲發表會，出版《中國現代民歌集》，正式點燃青年創作歌謠的燎原大火。「通俗歌曲」的世界，即將迎向一場翻天覆地的大革命。李泰祥則在這時放棄不滿一年的大學教職和省立交響樂團的副指揮頭銜，和學院系統一刀兩斷。他做廣告配樂餬口，編寫演唱的「野狼一二五」摩托車廣告歌，成了好幾代台灣人的共同記憶。他的前衛音樂實驗，則隻身突入陌生荒遠的聲音領地，義無反顧，簡直近乎悲壯——舊雜誌還能找到當年李泰祥音樂會的報導，據載：演出曲目包括許多無調性、無旋律的段落，還有五金工具之類的敲打樂，搭配預錄聲效、幻燈投影與電影短片，是極爲先鋒的「多媒體」展演實驗。報導寫道：許多觀眾捱到中場休息，紛紛逃離，下半場遂空出了一大半的座位。

站在「古典雅樂」、「市井俗曲」與「前衛實驗」之間，李泰祥的耳朵並沒有漏掉青年人揭竿而起的創作新謠，甚至有意藉著青年知識分子爲主的大批新興聽眾，橋接「嚴肅音樂」與「通俗音樂」原本互不相容的世界。和校園歌手齊豫的合作，使他一夕之間變成名滿天下的音樂大師。他以創作人、製作人兼編曲家的身分親自指揮管弦樂團錄製唱片，氣勢驚人，一下子把他口中的「大眾歌曲」與「雅樂」連到了一塊兒。許多「校園民歌」的「素人」歌手和作者，寫歌唱歌全憑直覺，五線譜都未必讀得懂，作品多半和弦簡單，旋律平易。李泰祥則不然，他的歌往往曲式奇崛，極難駕馭，卻又極易入耳。歌者每次開口，都是挑戰身體與靈魂的大工程——看看歷來和他合作的「女弟子」：齊豫、唐曉詩、錢懷琪、葉蒨文、許景淳……，每個名字，都足以在歌史熠熠生光。

李泰祥回顧當年野心，是這麼說的：

> 我決心要從嚴肅的音樂工作崗位走入群眾，寫出有風格，能表現我們現在大眾生活最動人、精緻的感情，寫出眾人的歡喜悲樂，和對時代的感覺，並融和文學，透過大眾歌曲的形式，帶給群眾，走進生活。

一九八四年，李泰祥已是兼治古典、現代與流行的「跨界」泰斗，面對當年舊作，底氣自然不同。他和唐曉詩重錄〈不要告別〉，兩人都很滿意。憋了十年的遺憾，終於可以放下了。然而歌林在發片前夕知悉此事，去函警告滾石：〈不要告別〉版權屬於歌林，若不抽掉這首，大家法院見——也就是說，李泰祥將會因為演唱自己的歌而觸犯著作權法。

驚聞此事，李泰祥沮喪可知。為了拿回這首歌，他曾提議免費為歌林譜寫新歌以為交換，亦被回絕。但就這麼抽掉，也實在不甘心。於是滾石老闆段鍾潭（綽號也是「三毛」）心生一計：假如旋律不變，歌詞重填，等於另作一首新歌。以當年法律條件，這樣改編，歌林是難以提告的。這麼一來，錄好的音樂不需更動，只要請唐曉詩重新演唱新版歌詞，還能兼顧李泰祥原本的編曲構想。

問題是，找誰填新詞呢？時間緊迫，任務艱鉅，老段靈機一動，想起一位寫詩搞劇場的年輕女生，現代詩寫得很有趣，卻不知道寫不寫歌詞。他聯繫上這位黃小姐，對方說自己從來沒填過歌詞，卻很願意試試看。

那位黃小姐時年二十八歲，剛剛自費印行她的第一部詩集《備忘錄》，當時沒人知道這本限量發行五百冊的小書，將會徹底改寫台灣現代詩史。她寫詩的筆名叫「夏宇」，但為了填詞的活兒，她取了另一個筆名「李格弟」。

李格弟只花了一個下午就把新詞填好了。李泰祥拿到一看，馬上說：這個詞完全沒辦法唱——原來李格弟沒經驗，歌詞句式和旋律兜不攏。但撇開這個不說，新詞寫得真好。李泰祥想了想，毅然決定與〈不要告別〉告別，索性為這

「錯填」的新詞另譜新曲，做一首全新的歌。

一九八四年底，《黃山》專輯終於發行，我們有了一首叫做〈告別〉的新歌。你先聽到一盞砸碎的酒杯，然後唐曉詩開口，襯著弦樂和鋼琴，微醺而淒然：

我醉了，我的愛人
在你燈火輝煌的眼裡
多想啊，就這樣沉沉地睡去
淚流到夢裡，醒了不再想起
在曾經同向的航行後
你的歸你，我的歸我……

李格弟保留了三毛的開場句，又留下了「燈火輝煌」這個她認為太美的詞。「在這燈火輝煌的夜裡」改掉兩個字，變成「在你燈火輝煌的眼裡」——唉，這是何等的才氣。

然後猝不及防，李泰祥吼起來，崎嶇不馴的嗓子浸滿野氣。一句句懾人心魄的唱詞翻飛而出：

請聽我說，請靠著我
請不要畏懼此刻的沉默
再看一眼，一眼就要老了
再笑一笑，一笑就走了
在曾經同向的航行後，各自寂寞
原來的歸原來，往後的歸往後……

鼓聲帶入壯盛的間奏，電吉他與弦樂把歌層層托高，百轉千迴，再驟然盪開——這是雅樂，也是搖滾！重新進入歌詞，唐曉詩領唱，李泰祥和聲，相疊，交纏，愈來愈熾烈，愈來愈激昂，直到最後一句，唐曉詩傾盡所有，絕望，超然，美得難以逼視：

在曾經同向的航行後
各自曲折，各自寂寞
原來的歸原來，往後的歸往後……

歌聲甫歇，尾奏揚起。掃過浸著苦酒的碾碎的心，穿越整座燈火輝煌的城，直抵狂悲與狂喜的交界。壯闊絕倫的四十五秒之後，整首歌在最高潮處收結。

李泰祥在〈告別〉保留了當初爲新編版〈不要告別〉錄製的背景音樂，沿用既有的和弦結構，甚至挪用〈不要告別〉的旋律作爲〈告別〉的和聲，讓舊作融入新歌。當年《黃山》專輯提供媒體參考的新聞資料，交代了這首歌背後的曲折，最後一段是這麼說的：

> 他（李泰祥）雖然是〈不要告別〉這首歌的原作者，但是他沒有詮釋這首歌曲的權利。在一切努力歸於失敗後，他決定向「不要告別」告別。李泰祥開始試圖從原曲的精神上，重新創作一首歌；他成功了，這首新歌就是「告別」。……音樂家的創作力突破了一切障礙，他不但創作了新曲，也擁有了舊曲。

唐曉詩演唱的第一版〈不要告別〉，蒙塵的母帶仍藏在滾石檔案室，始終未曾發行。然而很少人知道，這個版本曾經公開播放過：廣播人方笛提前拿到了剛錄好的新歌，也不管唱片還沒發行，便在她的節目先播了，這是這個錄音惟一一

唐曉詩

次公開曝光。直到現在，除了當年幾位工作人員，只有一小群在一九八四年某個冬夜準時扭開收音機的人，曾經意外窺得那首歌的模樣——他們並不知道自己有多幸運，我們也不知道自己到底錯過了甚麼。

〈告別〉開啟了李格弟輝煌的詞人生涯，爾後她還會以「童大龍」、「李廢」等筆名寫下許多當代中文歌史最好的歌詞——這樣說起來，我們好像還該感謝歌林唱片的自私呢。李泰祥，則畢竟沒有徹底告別〈不要告別〉。二〇〇二年，他發行新專輯《自彼次遇見你》，終於得以面對十八年前未了的功課，並且往前再跨一步：他把〈不要告別〉的詞曲融入〈告別〉，由林文俊和徐芋君男女對唱，兩首歌互為和聲，奇絕，美絕，那流浪近三十年的旋律，終於找到了最好的歸宿。

在那張回顧個人生命的專輯中，罹患帕金森氏症多年仍作曲不懈的李泰祥正式表示：〈橄欖樹〉、〈你是我所有的回憶〉和〈告別〉是他個人創作生涯的三大代表作。對於〈告別〉這首歌，他只簡單說了這樣一段話：

遺憾，是最重的，比幸福還無法忘懷，與完美總差那麼一點。

二〇一〇

就要回家

沒想到我們竟得在這樣倉皇、悲傷、猝不及防的情緒裡，回顧馬兆駿的音樂生涯。

照理說，這應該是一件開心的事，應該是我在過完年這陣子，趁「馬爺」還在新專輯的宣傳期間，邀他來電台錄音室做一回專訪的內容。我們會一邊播他的歌，一邊聽他聊聊年輕時的種種得意與失落，聽他縷敘那些傷心情歌背後的陳年戀情，聽他回憶三十年來躬逢其盛台灣流行音樂的黃金時代，因緣際會參與創造的輝煌歷史。當他談到這幾年透過信仰尋回平安喜樂，重新找到寫歌唱歌的動力，還有剛剛足月的女兒，馬爺肯定會用洪亮的聲喉，爽朗地大笑起來。

我想，我們會以鄭怡唱的〈微風往事〉開場、以他自己唱的〈微風早晨〉收尾。當我們播到那些深深烙印在台灣人集體記憶中的歌曲，很多聽眾都會在收音機那頭跟著輕輕唱起來，並且憶起一些青春時期的荒唐事。啊，那會是一集非常好聽的節目。

現在，這一集沒做成的節目，註定只能怔然想望了。

我跟馬爺並不熟，只見過幾次面。去年參加一場評審活動，馬爺也在場。多少懾於他的傳奇地位，我沒敢貿然攀談，倒是他主動問候起家母，打開了話匣子。馬爺儘管隨和，卻也有股穩重而近乎威嚴的氣質，說起話來底氣很足，音質厚沉帶點沙啞，每每開口發言，總有不同凡響的份量。但他聲如洪鐘的呵呵大笑，又令我想到「大肚能容，了卻人間多少事」的彌勒佛。

回想起來，那時馬嫂正懷著三女兒，新專輯應該也快做完了，馬爺對未來想必是摩拳擦掌、充滿期待的吧。那時候，我對他這些年的起起伏伏，乃至於他的婚姻、信仰與生活種種，完全一無所知。我只知道他這些年參與創作了一千多首歌，製作過數以百計的唱片，當然也記得八、九〇年代之交那幾張極是耐聽的個人專輯——光憑這些，我相信他隨手就能從口袋裡掏出一個比一個精采的故事。那時我正想做一些前輩音樂人的深度專訪，很想請他來上節目，然而沒來得及開口邀約。當下也不甚掛心，以爲總有機會，然而誰知道呢。

說來慚愧，在馬爺的眾多樂迷之中，我是個遲到太久的留級生。他在校園民歌時代寫的那些名曲紅遍大街小巷的時候，我纔十來歲，糊里糊塗，只懂得跟著亂唱一氣。他發表第一張個人專輯《我要的不多》那年，我剛上高二，瘋狂地迷老搖滾，滿腦子都是披頭、平客弗洛伊（Pink Floyd）和齊柏林飛船（Led Zeppelin），不大理會台灣歌壇，遂錯過了在「第一時間」認識「歌手馬兆駿」的機會。

彼時正值解嚴前後，台灣社會洋溢著放肆的創作力量，熱錢滾滾，百無禁忌，甚麼樣的點子都可以拿來試一試。回想起來，那簡直是台灣流行音樂最顛峰的黃金歲月。那些才華橫溢的音樂人，就像小說裡的江湖俠客，個個形象鮮明、各擁絕技。樂迷的耳朵似乎也葷腥不忌，樂於嘗鮮，捧紅了好些特立獨行的「怪腳」：唱歌像唸歌的李宗盛、老是走音的陳昇、歌詞落落長的張洪量和黃舒駿、鬼靈精怪搞電子搖滾的黃韻玲……當然還有自謂「長得像奸商」，歌聲卻清澈透亮、讓人柔腸寸斷的馬兆駿。當他唱出那一首首平凡男子的生活和夢想之歌，動人的聲嗓和他圓墩墩的身材形成巨大對比，卻彷彿也讓那些作品更有說服力。那些故事映射在千千萬萬平凡人的平凡生命裡，也讓他變成了「不一樣的偶像」。

好幾年之後，我纔從老搖滾唱片的霉味裡抬起頭來，回頭爬梳自己錯過了的另一個青春期，重新聆聽那些似曾相識的名字。那時馬爺已經淡出江湖，我卻被

馬兆駿-就要回家
一個人總會感覺孤單，
誰帶馬兆駿回家？

〈那年我們十九歲〉、〈會有那麼一天〉、〈就要回家〉感動得一塌糊塗，相見恨晚。

那天，我實在應該克服自己的怕羞，好好跟馬爺說聲謝謝。謝謝他用自己幾番起落的生命史，萃取出那些歌，讓我們青春記憶的畫面更立體、情緒更生動，讓我們在得意時可以高歌，失落時獲得寄託。

馬爺走了，回到他的「天家」去了。那裡有他的老朋友薛岳、梁弘志，還有一柄老友洪光達燒給他的木吉他。當年，他們一起用它寫下數不清的好歌。馬爺的告別式上，當朋友和家人聚在一起，靜心俯首，或許我們會聽見，雲端傳來三兩聲清脆的撥弦，還有那首我們都唱熟了的歌：

早晨的微風，我們向遠處出發中
往事如煙，不要回首
晨霧瀰漫中，音樂在我心裡響起
幕已開啟，別再憂愁……

二〇〇七

煙花與火焰的種子

我不知道其他地方的朋友是在哪個時刻倏然驚覺：中文流行歌曲竟已變成一門足以承載時代、反映思潮的藝術形式。在台灣，這個「啟蒙時刻」很容易辨認：一九八二年四月，羅大佑的第一張專輯《之乎者也》問世，從此改變了我們聆聽中文歌曲的方式。

誠然，「歌以載道」並不是甚麼創舉。七〇年代中葉，台灣掀起「校園民歌」風潮，青年知識分子紛紛投身歌曲創作，蔚爲大觀，「原創精神」、「時代意識」與「世代自覺」原本便是彼時青年念茲在茲的創作原則。在精神上，羅大佑並未與七〇年代的台灣青年創作歌謠「一刀兩斷」，而是延展、拓寬了這些面向。羅大佑並不是台灣第一個嘗試搖滾編制的歌手，更不是第一個在歌曲中反思國族情結、展示現實意識的創作人（李雙澤、侯德健都是可敬的先驅），然而他卻是第一個把搖滾的形式實踐得如此徹底、把歌曲的煽動力展示得如此激切的音樂人，這使他真正成爲橫掃世代的標記。

一九八二到一九八五是羅大佑的「黑潮時期」，那個一頭捲髮、黑衣墨鏡的孤傲身影，以一人之力，把台灣流行音樂從「天真」帶向「世故」。他的歌展示著一個深沉、抑鬱的「大人世界」，從青春情愛到歷史國族，勾引了所有自命早熟的青年。一如他在〈光陰的故事〉唱道：「就在那多愁善感而初次回憶的青春」，大佑的歌，是一整代人的青春啟蒙。

之後，羅大佑赴美沉潛，一九八七年，蔣經國下令解除長達三十八年的戒嚴令，台灣民間社會壓抑多年的力量傾巢而出。次年，羅大佑推出《愛人同志》，圓熟細膩、大氣磅礴，站上了樂壇的制高點，爲那個動盪不安的時代，譜下了至爲完美的主題曲。之後，他在香港成立「音樂工廠」，廣邀頂尖好手，一九九一年的《皇后大道東》大膽探討香港前途，〈東方之珠〉亦成爲傳唱不輟的「城歌」。對一個來自異地台灣的創作人，這是香港樂迷給予的最高肯定了。

如今回望，羅大佑帶來最重要的啟發，或許是他新鮮的歌詞語言：沉鬱、滄桑，充滿時代感，一洗「校園民歌」的學生腔、文藝腔，在那個正值「經濟起飛」、政治氣氛逐漸鬆綁的台灣，「都市化」、「現代化」巨輪轟然碾來，羅大佑

《愛人同志》電台版試聽單曲，收錄〈戀曲一九九〇〉與〈京城夜〉，一九八八年。

的語言，便成了「時代精神」最生動的載體。

羅大佑對歌詞與旋律的「咬合」極爲在意，他始終認爲自己首先是「作曲家」。他常說「歌是語言的花朵」，文字化爲唱詞，在唇齒舌腔吞吐滾動，必須與旋律的收放起伏密密吻合，一如先人世代傳唱、渾然天成的古謠。〈童年〉的歌詞花了三年纔完工，便是因爲這樣的講究。且看他在〈未來的主人翁〉打造的長句，情景交融，筆力萬鈞：

你走過林立的高樓大廈穿過那些擁擠的人
望著一個現代化的都市泛起一片水銀燈
忽然想起了遙遠的過去未曾實現的夢
曾經人們一度告訴你說你是未來的主人翁

又如彷彿預言了未來的〈京城夜〉：

煙花的種子與火焰的種子　在你的夜晚還有我們的夜晚
張開了繽紛的翅膀　照耀一個城市甦醒以來的演變

就在羅大佑掀起「黑色旋風」的時刻，另一位「校園民歌」背景出身的音樂人也在台灣嶄露頭角。他寫的情歌，即將改寫中文流行歌曲的歷史——李宗盛原是民謠合唱團「木吉他」的成員，一九八三年初試啼聲，爲鄭怡製作《小雨來得正是時候》，一炮而紅，成功讓鄭怡從「校園民歌手」轉型跨入「大人世界」，這是李宗盛展現他拿手的女歌手「形象工程」之始。後來的張艾嘉、陳淑樺、潘越雲、娃娃、林憶蓮、辛曉琪、莫文蔚，都因李宗盛的「精心調教」而登上歌壇頂峰，開展了藝術生命的新階段。

李宗盛對歌詞意象結構之銳意經營、對「詞曲咬合」之殫精竭慮，簡直有「鐘錶師傅」一樣的耐心。他自有獨特的語言質地，直白而不失詩意，「語感」鮮活，乍看像散文，唱起來卻句句都會發光。情歌向來是歌壇主流，一不小心，便會跌入陳腔濫調、無病呻吟的醬缸。李宗盛擅以作論方式寫歌，別具隻眼，且看他的少作〈你像個孩子〉，當年被多少樂迷抄進了日記和情書：

工作是容易的，賺錢是困難的
戀愛是容易的，成家是困難的

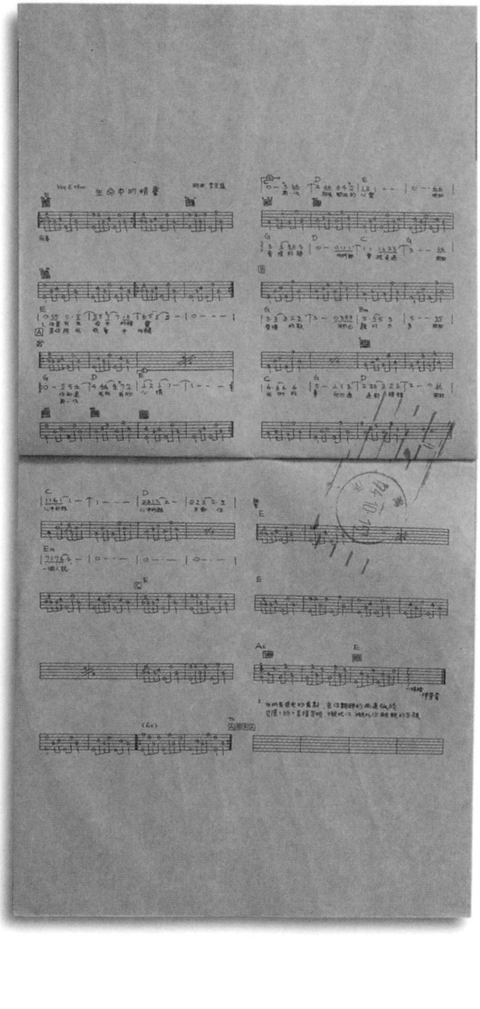

一九八六年《生命中的精靈》唱片內頁，附有吉他譜。

相愛是容易的，相處是困難的
決定是容易的，可是等待，是困難的……

李宗盛一九八六年的專輯《生命中的精靈》，是中文樂壇少見的「內省」之作，深深挖掘個人生命史的惶惑與悲歡，坦誠真摯，是後人所謂「城市民謠」一脈難以超越的經典。羅大佑始終是沉鬱而孤傲的，時時把整個時代挑在肩上，連情歌都滿是滄桑的傷痕。李宗盛則擅長從柴米油鹽的日常生活提煉詩意，煽情而不濫情，輕盈而不輕佻。當你情傷難抑，羅大佑將讓你感覺淒清悲壯，李宗盛則讓你認清自己不是世間惟一懂得寂寞的人。

七〇年代，從退出聯合國、保釣失敗到台美斷交，稍有自覺的台灣青年都無所遁逃於「大時代」的集體意識。校園民歌固然標舉了「原創至上」的態度、解放了歌曲題材的限制，在那樣一個相對封閉的環境裡，「民歌手」的語言多半仍是「集體主義」的狀態。八〇年代以降，城市人口持續增加，階級的流動、人際關係（尤其是兩性關係）的轉變、服務業主導的都市文化漸成主流，加上政治氣氛的鬆動，流行歌曲作爲社會的鏡子，需要新的語言來反映這一切。羅大佑和李宗盛的歌，多少也在這樣的過程中「潛移默化」，影響了許多台灣人「自我意識」的轉變。

羅大佑和李宗盛解放了中文歌曲的語言套式，有態度、有思想，示範了創作、製作的精湛手藝。羅大佑的歌依然承載著「大時代」的悲壯情緒，和那個集體主義、理想主義的時代有著千絲萬縷的糾纏，李宗盛的歌則幾乎都是「個人主義」式的內省，那些百轉千迴的辯證，同樣只能屬於「大人世界」，你得見識過若干江湖風雨，纔能體會他那些「世故的情歌」。羅大佑的滄桑尚屬於一個猶然年輕的時代，李宗盛的世故，則是一代人「集體告別青春期」的儀式。

二〇〇九

那既遠且近的故鄉

卑南族歌手陳建年曾經是這麼唱的：

鄉愁，不是在別後纔湧起的嗎？
而我依舊踏在故鄉的土地上，
心緒，為何無端的翻騰？

他的鄉愁，來自父親的歎息：這片地，原本是我們的啊。於是，鄉愁不再來自地理的距離，而是心理的距離了。

我也有我的鄉愁，儘管我也依舊踏在故鄉的土地上。我是台北人，在這座城裡出生、上學、工作、成家。然而，對於這座城，我總缺少一分喚它「故鄉」的情感——所謂「故鄉」，理該是一處腹地更深邃、南風更熨貼、天空更高遠、水色更溫潤的所在，不是麼？

然而，在林生祥和羅思容的歌裡，我看見了那既遠且近的故鄉。儘管我一句客家話也不會說，儘管我從來沒有去過美濃：

細妹你看，那中央的大山，攪著白雲翻來又轉
細妹你看哪！那轉彎的河流，驅趕大水波光瀲灩
細妹你看，那掛雲的大山，傾身顧著山下的石崗田
細妹你看，那唱歌的河流，彎腰抱著身邊的沙埔地……

——〈細妹你看〉

「回家」，多麼簡單的願望，多麼遙遠的路程。這趟「精神歸鄉」的旅途，上溯六、七〇年代的鄉土文學運動，染上了恆春老歌手陳達蒼涼遼遠的〈思想起〉。李雙澤爲「水牛稻米香蕉玉蘭花」譜出美麗的旋律，男孩女孩紛紛離開故鄉湧向城市，羅大佑痛切呼喊「台北不是我的家」，群眾運動四起，客家鄉親走

上街頭，替國父遺像蒙上口罩，高喊「還我母語」。嗩吶淒厲的號音從〈亞細亞的孤兒〉吹到〈一無所有〉再轉進〈菊花夜行軍〉，孩子的啼哭，拖拉機的低吼，吉他清脆的撥彈……。透過這些，慢慢地我們重新把「故鄉」端詳清楚：它的美麗與醜惡，它的無奈與憤怒。然後我們纔能分辨，回家的路指往哪個方向。

羅思容年過四十纔開始寫歌，大器晚成，厚積而薄發，於是可以委婉，可以溫暖。聽她歌唱，彷彿目睹一樹晚開的香花緩緩綻放。她的歌，則是尋常生活積年累月疊壓的岩層深處，一縷熠熠發光的礦脈。多少風雨和傷痕，都低眉斂目收攏了進去。它們有時溫馨，有時淘氣，有時帶著淡淡的傷感，滿載著故事的線索，總會讓我們對那些欲言又止的部分浮想聯翩：

每日清晨，明亮的曙光斜斜的透出來
不知怎麼，我的身體找不到世界的出口
我徬徨，找不到自己，啊，這是甚麼世界……
看看我的女兒，香香甜甜的沉睡
纔發現，恬靜的世界是那麼莊嚴

屋旁的橘子花，甜蜜的香味
我的內心突然起了變化
像一個孩子，每日做著奇妙的夢……

——〈每日〉

思容的歌，來自樸素的生活，直觀的感受。觀照世情，則既有母親的寬容，也有女性的渴欲。這坦誠的眼神，在近代台灣歌謠史上竟不多見。看思容演唱，貌似淡定，其實有的是壓抑與克制。偶爾，歌唱進入狀態的時候，她會放開身體搖擺輕舞，像母系的族長，像部落裡的巫——《每日》專輯這些歌，援引了大量的草根藍調元素，不正帶著巫的味道？靜水流深，波光粼粼，這小小的晃動，尚不致攪濁了如鏡的心影：

媽媽跟隨月光在跳舞
媽媽晃動的影子也在跳舞
媽媽的手不停地擺動
我的身體也跟隨媽媽翩翩起舞

兩個人的身體，兩個人的手
變成四個身體，八隻手……

我的女兒看我們快樂的跳舞，她也一直揮手
就像一隻蝴蝶，飛到花園去，飛到月光下休憩
媽媽媽媽快快來，我們也來飛翔啊
女兒女兒快快來，我們也來跳舞啊
三個人的身體，三個人的手
變成六個身體，十二隻手……

——〈跟隨媽媽跳舞〉

林生祥的世界，則是另一種色調。在生祥的歌裡，我們常常會遇見那個近鄉情怯的青年：有時候他叫秀仔，是決意返鄉「蹲點」的知青，有時候他叫阿成，在城裡混不下去，遮遮掩掩退回老家務農，捲土重來。有時候他叫古錐仔，在都會的底層飄浪，想著哪天兄弟我也來幹出一則頭條新聞。生祥早年的作品多半激切悲壯，近年則漸漸鬆緩下來，底氣仍足，那自苦的焦慮，卻終於可以放下了。

林生祥、羅思容二〇〇八中國大陸巡演海報。王亮設計、製作版畫。

我記得第一次聽《我等就來唱山歌》的那個下午。那是一九九九年，天氣很熱，我拿著裝幀設計充滿「業餘味道」的初版CD，其實並不特別期待甚麼。然而按下播放鍵，第一首歌纔唱一半，我已熱淚盈眶。那是生祥在「交工樂隊」的第一張專輯，我們這一輩的孩子，總算有了屬於自己的史詩。二〇〇一年《菊花夜行軍》出版，拿到專輯的午後，我坐在床緣一動不動聽完整張專輯，然後再聽一次，然後再聽一次。那年「交工」在台大活動中心禮堂演出，全場爆滿。我擠在最後一排，激動地想：若我還是大學生，這場演出應該會是改變我一生的「啟蒙時刻」吧。當下我很確定，台灣再也沒有能夠超越他們的搖滾樂隊。

然而「交工」竟解散了，傳說中的第三張專輯並沒有做完，一個時代宣告結束。失魂落魄的樂迷尚未緩過氣來，生祥已經組了新團，做出「後交工時代」的第一張專輯《臨暗》（二〇〇四），然後是徹底回歸原音樂器的《種樹》（二〇〇六）和《野生》（二〇〇九）。其他的「交工」哥們兒改組「好客樂隊」，發表了《好客戲》（二〇〇五）和《好客愛吃飯》（二〇〇八）。在「交工」巨大的陰影下，他們各自拓出了截然不同的路線。當我們還在一心憑弔過去，他們已經奮力寫下新的歷史。

我和生祥同齡，認識他的時候，我們還不滿三十，血液依稀殘留青春時代的煙硝氣味。我們認識得晚，卻擁有許多共同的回憶：台灣解除戒嚴那年，我們高二，正是開竅的年紀。待到進了大學，遂各自一頭撞進政治經濟社會文化百花齊放眾聲喧嘩的「後解嚴時代」。那幾年的記憶，飽含著鮮莽躁動的朝氣，是餵養我們這一代人的精神土壤。

生祥九〇年代初便在淡江大學組了「觀子音樂坑」，是「交工」的前身。從「觀子」到「交工」，就音樂形式來說，是從傳統的「四件式」搖滾樂隊發展到結合民樂編制的實驗。「交工」的鼓組是客家八音鼓和傳統爵士鼓的混血，嗩吶、月琴、木吉他、電貝斯並駕齊驅，這樣的混成編制幾無前例可循，每樣樂器的旋律線條和音頻區段都必須仔細安排，纔不至於扞格。他們從頭摸索，建構出屬於自己的音場和編曲概念。在現場演出條件猶然簡陋的時代，他們對樂器的收音、內外場音響的調校、乃至於節目的行進，每個環節都有縝密周到的安排，這使「交工」的演出得以維持極高的水準，放在當時的獨立音樂圈，簡直是鶴立雞群。

這種「窮而後工」的「手藝人」精神，延伸到生祥單飛的時代，即使單就錄音、製作論之，也替台灣創作音樂樹立了可敬的典範。從「交工」到單飛，生祥的樂手編制愈來愈簡單。然而儘管編制不斷「瘦下去」，音樂卻跨著大步前進，不斷翻出新境界。和日本吉他手大竹研的合作，不僅讓生祥重新認識了木吉他的種種可能，也讓他重新「歸零」思考節奏、旋律、和弦這些基本元素。「交工」時代的生祥多是明火的鑊氣，從《臨暗》、《種樹》到《野生》，則學會了用「減法」思考。如今，他和大竹研在舞台上只用兩柄吉他，便能撥彈出一整個世界。信手拈來，旋律像稻浪翻飛，每個音符都饒富深義。

思容的世界，或許可以視爲「私領域」的詩歌，生祥的世界，則承繼了「交工」時代對社運、農民與工人的關注，只是筆法不一樣了。長期和生祥合作的「筆手」鍾永豐，白天是政務官，晚上閉門寫詩，骨子裡是個不折不扣的老左派。他和生祥的合作，成色之完熟細膩，放眼近二十年的創作樂壇，或許只有陳明章和陳明瑜的詞曲搭檔足堪媲美。生祥曾和我說：從《臨暗》開始，他和永豐反覆辯詰，希望能用更精簡的篇幅、更凝鍊的語言，換取更寬闊的音樂空間。幾經磨合，乃有了這樣精采的歌詞：

種給離鄉的人
種給太寬的路面
種給歸不得的心情

種給留鄉的人
種給落難的童年
種給出不去的心情

種給蟲兒逃命
種給鳥兒歇夜
種給太陽長影子跳舞

種給河流乘涼
種給雨水歇腳
種給南風吹來唱山歌

——〈種樹〉

若你問我近來台灣最值得注意的「樂壇新人」，我會請你注意羅思容。《每日》是一張慢火細熬的精品，假如這纔只是這位女子音樂事業的起點，不妨想像她接下來的作品，可以有多麼精采。這株晚開的花樹，纔初初綻放出她深邃的香氣呢。

然後若你問我誰是當今台灣最重要的創作歌手，我會毫不猶豫地說，林生祥——這要是讓生祥聽到，他一定會急急搖手，赧然微笑，極不好意思地要我千萬別這麼說。他或許還會說，自己還差得很遠等等。這都不要緊，愈是了不起的創作者，往往愈傾向於苛待自己。我只想說，能夠親眼目睹他一次次跨過自己設下的高標，能夠和他共處在這個時代見證這一切，我著實以此爲榮。

二〇〇八

輯二——餘燼猶溫

想起Pink Floyd和一個人

那年，羅傑瓦特思（Roger Waters）在香港辦演唱會，現場搬演全本《月之暗面》（The Dark Side of the Moon）。幾位不忘革命情感的朋友和長輩紛紛買了票請假去朝聖——既然平克弗洛伊（Pink Floyd）散夥已久，去看看老團長，便是最接近「美夢成真」的機會了。

我多少有些嚮往，然而終究沒有去。儘管生平買的第一張唱片就是《月之暗面》，卻總覺得對平克弗洛伊始終聽得不夠深，至少，比起學長W，二十多年了，我應該還是趕不上他的。

八〇年代末升高三的暑假，眼看未來一整年都得頂著聯考的惘惘陰影，我們都想把握這最後的「自由時段」，於是和三兩哥們兒約好，一塊參加了由幾所大學「異議性社團」在某某山莊聯合舉辦的四天三夜「營隊」——那年頭「營隊」

模式大同小異，不外在山顛水湄找個場地住幾天，白天上課聽講，晚上安排各種實習活動，大夥分組作業，以最後一晚的成果展示評比作結。「自由時段」很多，所以也經常發生種種男女曖昧的傳說。

那時節，這類營隊都有一個響噹噹的好名字：「人文實習營」、「社會實踐營」甚麼的，當年那個營隊肯定也有一個體面的名稱，如今早已不復記憶。我們一知半解地聽著曾被記過退學的學運前輩講述校園民主與學生自治，聽「自由派教授」分析國民黨的政經共犯結構，還有坐過牢的社運先驅介紹台灣左翼革命史。盛暑午後，課不免聽得昏昏欲睡，便「翹課」找哥們兒瞎聊，想想未來可以做的轟轟烈烈的種種。然而哥們兒偶爾對我的怠惰顯出不以爲然的神色，我便索然了。只好鑽回空蕩蕩的寢室，掏出卡帶和隨身聽，掛上耳機，幾分賭氣地看起小說，因爲這樣的不合群而感到孤傲，同時夾帶絲絲的心虛。

那個營隊的實習活動是「模擬選舉」。大家分組推出幾位「國代候選人」，擬政見，印傳單，貼海報，辦演講。最好玩的是，學長姊爲了讓我們體驗一下彼時黑暗墮落的選舉文化，刻意指點我們「實習」當年選舉的「垃圾步」：我們趁四下無人在廁所和宿舍門上貼匿名黑函，在合編的選情特刊揑造對手的醜聞，還嘗試用糖果餅乾之類小玩意賄選，大家玩得開心極了。最後，我們這組耍盡賤招的執政黨候選人大勝——負責開票的「中選會」正是由學長W負責，他公然做票，把敵手的一大半得票都變成了廢票。真相大白，全場譁笑不已，作勢要把「中選會」搗毀，製造迷你版的「中壢事件」。我們笑得流出了眼淚，那真是一場很不一樣的家家酒。

至於晚上的自由活動時間，大家最喜歡的節目叫做「夜遊」：一夥人拿著手電筒，沿著山路漫無目標地走，隊伍愈拖愈長，男男女女便有了捉對談心的機會。遊罷歸來，總會有人各自找到更僻靜的地方看星星，聊心事。彼時男女分際多少還是比較嚴的，趁黑若能拉拉手，便足以讓那孩子懷念一整個夏天了。

然而我並沒有那樣的好運，只能和同樣落單的哥們兒坐在路燈下一面瞎聊一面幹掉四瓶台啤兩包白長壽。因爲這樣不知節制，第二天頭疼欲裂，嗓子也啞了，連一句話都說不出。

營隊有一部手提錄音機，用來記錄講課內容。到了晚上，就搬到大夥乘涼閒聊的後院門階上播音樂。我從背包掏出六、七捲卡帶，志願當起DJ，一張張專輯放下去——那年頭我的包包永遠塞著隨身聽和一疊搖滾卡帶。

「夜遊」歸來的女孩們梳洗妥當，換穿輕便衣衫，披著半溼的頭髮出來繼續聊天。男孩們吸著菸，點點火星明滅。月亮愈升愈高，大家話漸漸少了，只是都

捨不得睡。我換上新的卡帶，羅傑瓦特思的木吉他刷得很淒涼：

假如你不在乎我
我也不在乎你
我們便將分別走上曲折的路
忍受厭煩與痛苦
偶爾抬頭，張望落雨的天空
想想有誰可以怪罪
且提防那些漫天翱翔的豬……

「你在放Pink啊。」學長W踱了過來：「你不錯嘛，聽這個。」他稱呼平克弗洛伊爲Pink，彷彿這個樂團是他隔壁鄰居，或者童年死黨。

W是我敬畏的學長，在校刊社便早早拜讀過他少年老成的文章。W足足高我四屆，我念高中的時候，他已經在大學搞學運編地下刊物了。我們幾個小毛頭努力啃著那些刊物，後來纔知道那裡面經常一人分飾多角，用好幾個筆名寫文章。往往從一版的社論到四版的長詩，都是學長W的手筆。

校刊社每年冬天都會辦一場「火鍋會」，邀請老學長回來聚餐。火鍋會上，我第一次見到學長W。他個子不高，但因爲極瘦，身形仍顯得頎長。披著墨黑的長大衣，單肩墜著一只極大的書包，刻意不剪的頭髮被寒風吹亂，蓋過半張臉。一雙眼睛警醒而又不著痕跡地打量著，卻也沒有忘記微笑。他和其他學長互搥肩頭招呼，打菸敬酒，一言一行，無不充滿江湖滄桑氣味。在我眼裡，簡直就像每天仰望的銅像忽然活動了起來。正獃望著，學長W忽然轉向我：「學弟，你也聽搖滾喔。我看了你寫的Beatles文章，不錯不錯。他們的歌你最喜歡哪一首？」

這是考試麼？我很緊張，又掩不住得意。尋思片刻，結結巴巴地回道：「還是，還是〈A Day in the Life〉吧？我聽到的是那種，那種巨大的，虛無的感覺。」

哎，那是我所能想到最複雜，最前衛，最「有深度」的歌了。

學長W顯然對這個答案不甚滿意，眉毛揚起，似笑非笑地說：「我有時候會想，我們明明還這麼年輕，爲甚麼老是要把自己搞得一副很灰色，很虛無的樣子，老是怕自己深度不夠？」

我赧然語塞，學長W拍拍我的肩膀：「打起精神吧！別再虛無了啦！」眾學長譁笑開來，我一定臉紅了，整顆腦袋燒燙燙的。

後來再遇到學長W，就是在那個營隊了。

平克弗洛伊悲壯地唱著（他們總是悲壯到不行），W學長在我旁邊蹲了下來，不發一語。良久，他吐一口煙，說：「幹。我失戀那時候把所有Pink的專輯拿出來，聽了他媽不知道幾百遍。聽到每張都會背了。」

學長W和學姊的革命情侶故事，幾度分合，還牽涉第三者和墮胎的情節，轟傳一時，我也多少聽說過一些。我嘗試露出一個「我完全懂」的成熟微笑，學長W卻已經閉上眼睛，像是要讓每個樂句都咬進心口，沉默地聽著。

有人大叫，還沒洗澡的快，要關熱水了，我趕緊告退。洗罷回到後院，聊天的都散了，只有學長W還坐在台階上，叼著菸，望著迷濛的遠方。月光灑落，一切都敷著白銀的顏色。他的Pink還在唱，關於文明的異化，人際的疏離，階級的矛盾，虛假的愛情。他們恢弘雄渾悲壯莫名的歌，可以一直唱到世界末日。

我望著學長W的背影，彷彿明白：就算我拿平克弗洛伊的所有專輯再聽一萬遍，也不可能像他聽到的一樣多。

後來我不再遇到學長W。幾年後偶爾在報上看到他的名字，一開始是以國會助理身分寫投書，後來出現在地方政治爭議的新聞裡，牽扯到圍標和樁腳之類問題，據說學長W替「老闆」擋下了不少麻煩。又過了一陣子，有人說他離開政治圈去中國大陸做生意，也有人說他要出來選縣議員。我們多年沒見，現在就算街頭偶遇，彼此怕也認不出來了罷。

不知道學長W，是不是也去香港看了羅傑瓦特思呢？

二〇〇八

點頭示意，若你聽得見

那是哪一年的事情？爲了辦活動，我到中部的C城去勘查場地。那是一間剛開張沒幾個月，極其富麗堂皇的夜店，孤聳在城郊的十字路口。中央的舞池挑高四層樓，駐唱歌手的舞台背景是整片順著石砌牆面流下的瀑布，燈光斜斜打在上面，馬上散發出極盡頹廢的時尚氣味。裝潢用的都是時髦的深紅深藍色系，沿著走道和階梯亮著一束束聚光燈，把精心打扮的紅男綠女照得很有劇場感，彷彿置身好萊塢電影裡的高級賭場。那間夜店生意始終很好，老闆很有辦法，包廂裡經常有熱情捧場的道上弟兄，和喝得滿臉通紅的警界長官。

彼處不只門面漂亮，音響系統也花了大錢，低頻深沉而不含糊，高頻清脆而不刺耳，即使在極大音量仍然層次分明、游刃有餘，想來不單砸下許多銀兩，還得有專家細心指導，纔能整治出那樣的氣勢。台北那些live house，和C城這兒一比，都不免顯得寒磣了。

然而儘管裝潢、燈光、音響都很到位，人客的模樣也挺體面，彼處的音樂卻不免令我失望：那兒有不只一組駐唱歌手，按日輪流獻唱，唱的不外乎全台灣pub歌手都膩味熟爛倒背如流的那些歌：金髮四姝（4 Non Blondes）的〈怎麼啦〉（What's Up，一九九二年帶點「另類風」的女子搖滾名作，就是副歌反覆唱Hey hey hey... I say hey, what's going on?的那首，原版其實還不賴，不知爲何我們的pub歌手總會表演過度，把它唱成咬牙切齒的哭調仔，或者抬頭挺胸激昂亢奮的軍歌）、瓊潔特（Joan Jett）的〈我恨自己愛上你〉（I Hate Myself For Loving You，一九八八年排行金曲，pub歌手的翻唱版好像永遠抓不到原版破罐破摔的骯髒勁兒，結果就像威士忌換成了黑麥汁，喝再多也high不起來）、還有比較新的，關史蒂芬妮（Gwen Stefani）的〈Hollaback Girl〉（歌名好像被翻成「哈啦美眉」？這樣算起來，那該是二〇〇五或二〇〇六年，這首舞曲橫掃全球，奪獎無數。這歌乍看白痴無腦，卻是歌者有意爲之，真正厲害的是那義無反顧的挑釁氣勢。這部分總是被pub歌手徹底忽略，於是只能變成貨真價實的白痴無腦）。

駐唱歌手不在舞台上的時候，駐場ＤＪ負責播歌。老實說，ＤＪ的音樂品味也就那麼回事，幾乎都是「懂疵懂疵」的「廣嗨」和「台嗨」（即港產、土產

的「搖頭歌」），舞場那耗資不知多少萬的超重低音放起來，每個「懂疪」都震得你從腳底痲到頭頂。

可惜我不懂跳舞，駐場樂團第二個set唱完，ＤＪ再度「懂疪懂疪」的時候，場內愈來愈熱鬧，大家愈來愈high，我卻頭痛起來，只好匆匆告辭。

正式辦活動那天傍晚，我提早到那兒協調各項雜務。事情安排妥當，一時沒事，營業時間也還沒到。工讀生啟動空調，慢吞吞拖好地，排好桌椅，一桌桌擺上當日促銷酒牌和菸灰缸。就在這時候，駐場ＤＪ來了。他一言不發，沒跟任何人打招呼。天色已暗，舞場一片漆黑，他走到櫃檯後摸摸弄弄，點亮幾排燈，提供最低限度的照明，然後默默走到ＤＪ台坐下——那是全店中央正對音響系統的「黃金位置」。他從包裡摸出一片ＣＤ，餵進機器，按下PLAY，扭大音量，然後點亮一支菸，深吸一口，往後躺倒，閉上雙眼。鍵琴、貝斯和鼓從那極之厲害的音響系統流洩而出：

哈囉？有人在嗎？
點頭示意，若你聽得見
有人在家嗎？……

沒有疼痛，你正遠去
遙遙一艘船在海平線冒著煙
你正乘浪而歸
你的唇在動，你說甚麼我卻聽不見

小時候，我發過一場高燒
雙手腫得像兩只汽球
現在那種感覺又回來了
我沒法解釋，你不會了解
這不該是我的模樣……

小時候，我曾驚鴻一瞥
那是甚麼，從我眼角掠過
回頭望去，它已消失
再也無法觸及
孩子長大，夢已走遠

曾幾何時，我已放心麻痺自己……

摧枯拉朽的電吉他揚起，像一陣狂風，掃過所有瑣屑的俗麗的朝生暮死的物事。這C城的夜店，倏然幻化成一座聖殿，籠罩著史詩的光芒，凝止在翻騰的樂符之中。

是的我知道這首歌——〈放心麻痺〉（Comfortably Numb），出自英國前衛搖滾樂團平克弗洛伊一九七九年的雙專輯鉅作《牆》（The Wall）。吉他手大衛吉爾摩（David Gilmour）簡直朝聞之夕死可矣的獨奏，屢被譽爲「搖滾史最偉大吉他solo」。這專輯名滿天下，然而它太悲壯、太沉重，實在不能常聽。我做夢也沒想到竟會在彼處與它重逢。

駐場DJ靜靜吸著菸，把整張《牆》放完，正是開始營業的時間。他換播一張「懂疵」迎接第一批來客，依舊不發一語，面容沉靜，像入世修行的高僧。

我終究沒有找他攀談。事隔多時，漸漸連他的臉孔亦不復記憶，只記得他在平克弗洛伊的音浪中仰躺吸菸的模樣。前兩年，C城大舉掃蕩夜店，聽說那間孤聳城郊的舞場亦已歇業。我想，應該是不會再遇到他了。

序黃崇凱小說輯《靴子腿》，二〇〇九

那一夜，我在日本現場

晚上七點，東京街頭寒風凜凜，氣溫逼近零度，武道館裡面卻很暖和。The Who的演唱會即將開始，大家找到座位便紛紛脫下大衣和圍巾，露出輕鬆的神色。我和母親坐在前排觀眾席，等待演唱會開場。場內音響放的是六、七〇年代的英倫搖滾會串，音量不甚大，卻足以製造令人心癢的熱度。就在這時候，我注意到左前方那位男子。

他比大多數人晚到，手上拎著東京上班族標準樣式的公事包，穿著東京上班族標準樣式的風衣，戴著眼鏡，神色拘謹，看上去四十來歲，就像我們在日劇裡常見的那種低階主管，常被老闆訓斥，又未必壓得住屬下，臉上遂不免有幾絲淒然。尖峰時段的每一截地鐵車廂，都塞了幾十個這款模樣的上班族，若在街巷偶遇，我絕對猜不到他會是The Who的樂迷。

他找到了座位，脫下圍巾和風衣，疊好，脫下西裝外套和襯衫，疊好，露出貼身的長袖圓領衫。然後從公事包裡掏出一件摺得極整齊的T恤，一層層攤開，垮垮地套上身，胸口印著吉他手皮特湯生（Pete Townshend）騰空跳起的經典照片。至此，原來那個一臉疲憊的上班族，倏然有了幾分浪蕩的嬉皮味。但還沒完——他又從公事包裡掏出一方摺得嚴嚴實實的物事，一層層攤開，竟是一幀極大的大英國協米字旗，正中央交叉繡著THE WHO的字樣，顯然是手工自製。他把這面大旗覆在肩上，成了一件神氣之極的披風。

然後，他從那小叮噹口袋一般的公事包裡，再掏出一疊文件，雙手捧著，仔仔細細讀了起來，彷彿他等下就要參加GRE考試了——那是影印的歌詞。

背景樂聲漸弱，場燈暗，樂團走上舞台。男子把歌詞收進公事包，和全場一萬四千人同時起立。

之後直到終場，他高吼、口哨、跺腳、甩頭、對空揮拳、在樂聲暫歇時狂呼樂手的名字（當然是日式發音，Roger被喊成了「樓夾」），沒有遺漏任何瘋狂歌迷該做的動作。每到高潮處，他一定用雙手高高舉起那幅巨大的米字旗。然而最多三秒，他就會把旗放下——他不願意擋住後排觀眾的視線。

另一次，我在東京巨蛋看滾石（Rolling Stones）的演出，前排一個高瘦青年，黑色緊身衣胸口印著牛角紋章，一襲血紅的披肩，戴一頂極大的山姆叔叔星條旗禮帽。稍微熟悉搖滾史的，都能認出他在「cosplay」滾石主唱米克傑格（Mick Jagger）一九六九年巡迴演出的舞台服裝。甫坐定，他便拿出一枚海灘球模樣的東西吹氣，吹飽之後，我纔看清那是一枚巨大的骰子。他把它擺在腳下，耐心等到十來首歌之後，凱斯理查（Keith Richards，我們都親熱地叫他Keef）彈起名曲〈翻滾骰子〉（Tumbling Dice）不朽的前奏，纔不慌不忙把這枚大骰子拿出來，高舉過頭，和著副歌的拍子，對著舞台搖啊搖——這是僅僅爲了這一首歌製作的道具。

所以我喜歡去日本看演唱會，不只因爲地利之便，不只因爲日本人的「龜毛」總能保障演出聲光細節在一定水準——我還喜歡看他們的觀眾。你在紐約、倫敦、巴黎、雪梨，都有機會看到同等厲害的演出，卻未必能遇到這樣的樂迷。

我偶爾也會逛逛Disk Union之類二手唱片店，滿坑滿谷的中古黑膠，平均單價不到一千日圓。仔細看看那些六、七〇年代的「日壓版」西洋搖滾唱片，不僅壓片、印刷十分講究，裡面還會附一份日文版獨有的「本事」，除了全部歌詞的日文翻譯，還會聘請權威人士寫一篇鉅細靡遺的導聆指南。這項傳統延續至今，已是「日壓版」的標準工序，無怪乎日版CD永遠比美版、歐版貴上一大截。我們總愛嘲笑日本人英文不靈光，然而光看他們在唱片這件事情下的工夫，再想想那些死忠樂迷對樂史掌故浸潤之深，仍是要敬畏的。

這種「樂迷的教養」，看滾石演出的時候體會最深。演出中段，主唱循例介紹樂手，讓我意外的是客席薩克斯風鮑比基斯（Bobby Keys）：此公雖非正式團員，卻與他們合作了三十幾年，比幾位前任團員都還待得久，算是功在黨國的元老重臣了。當他站到舞台中央接受掌聲，現場就像掀了蓋的沸鍋，歡呼聲浪遠遠超過其他客席樂手——這表示現場幾萬人都知道他的來歷和地位。放眼亞洲，恐怕也只有日本的觀眾會給一位客席樂手如此「體己」的禮遇了。

不過，在凱洛金（Carole King）的演唱會上，倒是讓我見識了日本人之拘謹和「英文不靈光」。有樂町的International Forum音樂廳是個新落成的場地，空調冷暖、燈光明暗、座椅軟硬，都精確調節到了最舒適的程度，演出音響效果之佳美細膩，更是無懈可擊。惟一的尷尬，是在凱洛金唱到金曲〈(You Make Me Feel Like a) Natural Woman〉的時候：這首歌照說連阿公阿嬤都會唱上兩句，凱洛走遍世界，每到此曲，必是萬人卡拉OK大合唱。然而那晚當她把麥克風遞向觀眾席，音樂廳裡上萬張嘴巴，竟只冒出幾縷弱如游絲的氣音，我和妻的高聲唱和，反而顯得冒昧了——其實觀眾並非冷淡，而是害羞。凱洛金的樂迷和The

Who的樂迷畢竟不大一樣，不興對空揮拳、跺腳高吼那一套。或許是對自己的拘謹也感到歉然，他們只能報以更澎湃的掌聲，彷彿是跟她說：唉，不是你的問題，是我們的問題，請別介意吶。

第一次去日本看演唱會，是一九九七年，巴布迪倫赴日巡迴。他從南邊的福岡唱到北邊的札幌，我差一點就要請三個星期的假，連看十一場演出（迪倫每場演唱曲目都不相同，每天都可以有驚奇）——那時我出社會沒幾年，心情浮動，也不介意銀行戶頭存糧無多，只一心想親睹偶像風采。後來攤開地圖研究，覺得這樣逞強會累死自己，於是折衷行事，只看東京、名古屋和大阪，而且拉了母親同行。她也是迪倫的樂迷，早在我還沒投胎的時候，她就已經在電台放迪倫的歌了。

那趟旅行，我認識了一群日本當地的死忠迪倫迷，其中好幾個都請假去追星，看了整整十一場。名古屋演出之後，我們約在當地一間名叫Blonde on Blonde的「迪倫主題酒吧」聚會（店名典出一九六六年的迪倫專輯），那地方極是窄仄，只能擠進十幾人，卻還設著供人彈唱的小舞台。老闆留著短髭、一頭捲髮，長得跟一九七八年的巴布迪倫一模一樣，店裡放的音樂則是迪倫的現場實況「靴腿」（bootleg，歌迷私下流傳、從未正式發表的錄音）。大夥輪番上陣吹彈敲打，展開「迪倫那卡西」大會串，這些多半連一個完整的英文句子都講不清楚的日本佬，唱起詰屈聱牙的迪倫歌詞竟然不喫螺絲。二十出頭的小澤老弟，隨身揹著一把Martin Backpacker迷你吉他，我們溝通常得比手畫腳，他只能勉強說幾個英文單字，我又不懂日文。然而他竟然會彈唱「每一首」迪倫的歌！你知道那有多少首嗎？

次年，我和母親又去東京巨蛋看U2演唱會（能和自己的母親擁有頻率相近的搖滾品味，著實值得慶幸），順便拜訪上一年看迪倫認識的洋子阿姨：洋子是五十多歲的主婦，說是洗碗、打掃的時候大聲放迪倫唱片，做家事特別起勁。她邀我們去家裡喫炸串，並且帶我們參觀她的「迪倫廟」：四壁排滿了迪倫的CD，好幾個架子都是按年分排列的演唱會實況「靴腿」，中間像是神龕的位置掛著一個墜子。仔細一看，那是一枚Fender Medium Pick（吉他彈片），縫在兩片壓克力護貝之間，簡直像博物館的出土古文物。洋子阿姨說：去年在福岡，迪倫唱完安可，pick順手一扔，她在第一排中央接個正著。這東西在台北的樂器行一枚只要十元，在洋子阿姨心目中，卻比甚麼紅寶石、祖母綠都珍貴。

每次去武道館看演唱會，出「九段下」地鐵站走到會場的一小段上坡路，總令我興味盎然。當晚若是一票難求的超級巨星，還沒出站就會看到一臉橫肉的黃牛集團，三三兩兩兜售門票，一路蜿蜒到會場入口，足有百來人陣仗。吾友加藤曾經遠遠指著一個神情冷肅的胖子說：那是黃牛的首領。人行道上一整排地攤，遠看很像淡水碼頭的夜市，掛著亮堂堂的燈，照著五顏六色的貨品。攤前人頭攢動，湊近去看，都是今天演出的藝人紀念品：海報、護貝照片、徽章、圍巾、T恤、手機吊飾，通通是自製的未授權盜版貨。照片尤其有趣，不乏前兩天的觀眾席偷拍成果，現洗現賣。來到場館前，一片耐心排隊的人海，並不為了進場——這條人龍排的是「正版紀念品」的攤位。那些「官方認證」的T恤、海報、馬克杯，價錢比外面地攤貴三倍，依舊供不應求。許多人一買到T恤，便立刻拆開穿上身，以示忠誠。

誠然，「正版紀念品」的意義是無可取代的：去年十一月，我去昭和女子大學「人見記念講堂」看傑克森布朗（Jackson Browne）演唱會，見到一清瞿斯文的中年男子，身穿褪了色的一九八〇年布朗日本巡迴紀念T恤，背面印著當年演唱的城市列表。那些穿新T恤的，在此君面前皆不免顯得一副菜鳥樣。那件衣服平時應該是珍重收著捨不得穿的，只在這樣難得的場合纔會盛裝上身，彰顯革命情感——在搖滾的世界，這就是最隆重的禮服。

不過，日本也曾經有過一個和「正版世界」相對，幽深而華麗的「背面世

Blonde on Blonde酒吧火柴盒，這家店已經消失很久了。

界」：拜執法寬鬆之賜，東京新宿西口一帶的巷弄曾經是全世界「靴腿」專賣店最密集的區域，足足有二三十家——我甚至懷疑世界上還有甚麼地方開得起這種專為極重度樂迷服務的店，全店擺的都是地下錄音，保證一張正版都找不到。連西方藝人赴日演出，都經常把這一區列入優先血拼的行程。有一家叫 Xephyr 的小店，牆上便掛滿了歷年來店的搖滾巨星簽名，他們看到自己的「靴腿」也在架上出售，要價比正版專輯貴三倍，自己卻一毛錢版稅也分不到，不知心裡是甚麼滋味。

我有幸在「靴腿」小店輝煌時代的尾聲躬逢其盛，見識過那一間間的寶窟：滿牆死忠樂迷夢寐以求的傳奇錄音，每間舖子都是「搖滾阿宅」的天堂。不過，在網路崛起、寬頻普及，音樂檔案線上交流大興之後，日本的地下「靴腿」工業在一兩年之內便徹底崩潰，新宿西口的專賣店紛紛倒閉，現在恐怕一家也不剩了。那帶著祕密結社與手工業氣味的「靴腿」店淘金之旅，終成絕響。

十多年來，去日本看了不少演出，從關東到關西，從搖滾到爵士，旅伴常是母親，偶爾獨行，也和妻一塊兒當過凱斯傑瑞（Keith Jarrett）的粉絲，從東京追星到大阪。起初看甚麼都新鮮，東逛西逛買唱片，一路揹回台北，事後收到刷卡帳單，肉痛不已。後來漸漸想通：「聽音樂」和「蒐藏唱片」其實是兩碼子事。

於是「非要甚麼不可」的心思淡了，看演出就是看演出，紀念品也不大買了。偶爾逛逛唱片行，看到昂貴的傳說中的好貨，記在心裡，算是彼此打過照面，也就可以了。

所以，當你提起日本，我腦中閃過的聲光氣味，總是與屢次看的演唱會疊在一起：比方說我記憶中的大阪是放著free jazz的柏青哥店，是一九九七年地下街居酒屋席地而坐的迪倫粉絲聚餐，和二〇〇一年凱斯傑瑞稠甜如蜜的安可獨奏。當我想起和家人同遊箱根泡湯的那次旅行，也會想起在「御茶ノ水」地鐵站附近好幾間Disk Union搜刮的中古唱片，聞到在明治大學學生群聚的飯堂喫的咖哩飯，還有那次和母親、阿姨一起看的保羅麥卡尼（Paul McCartney）。提起武道館，我馬上想到的並不是在那邊看的The Who、滾石和尼爾楊（Neil Young），而是外面路邊攤在零度天氣冒著滾滾蒸氣的炒麵和白胖碩大的肉包，儘管我一次也沒買過，至今不識滋味。凱洛金演出場館隔壁就是有樂町「無印良品」旗艦店，於是每每戴起在那兒新配的眼鏡，腦中便響起那夜的〈Locomotion〉。我和老友「夾子」小應一塊兒看滾石巨蛋演出那回，座位絕佳，遂能趁團員從主舞台走向小舞台，站在椅上遠遠伸出手，成功和米克、Keef兩位大神擊掌（米克的手溫厚而Keef的手柔軟，那觸感我永遠記得）。那天散場，我和小應一起在新宿巷裡的小店喫了有肉有蝦的「五目中華丼」，仍然覺得一切恍然若夢，應該努力記住，以後講給兒孫聽……還有還有，一九九八年三月五日晚上看完U2演唱會，我和母親走出人聲鼎沸的東京巨蛋，耳中依稀轟響著方纔壯麗的音樂，寒風撲面而來，我一抬頭，雪花映著燈光緩緩飄落，那是我生平第一次看見下雪……。

二〇〇九

在東京国分寺車站附近發現這家隱身二樓的小酒館。
我只在門外勾留片刻，沒有上去 。

親眼見到迪倫那一天

沒有暖場節目，沒有開場影片，沒有故作姿態的拖延，票面印的開場時間一到，幕後響起那句不變的介紹詞：「先生女士，敬請歡迎哥倫比亞唱片公司藝人，巴布迪倫！」樂聲大作，我還沒做好心理準備，便見到了他。

這是一九九七年二月十六日傍晚五點，日本名古屋會議中心世紀廳。迪倫五十六歲，一頭古銅鐵灰亂蓬蓬的捲髮，一身灰撲撲的西裝，像是披頭剛出道穿的款式，只是臃腫了些。強光在鬆弛的臉頰刻出深深的法令紋，使他看上去確乎是一位老人了。然而那陡峭的鷹鉤鼻子還是舊日的模樣，雙目澄藍如炬，彷彿還能窺見《六十一號公路重遊》（Highway 61 Revisited）封面那二十四歲青年眼中灼灼的火光。偶爾他揚起嘴角，似笑非笑，那張著名的臉依稀閃現——六〇年代一幀幀黑白照片一段段漫漶影片中被無數年輕人追捧質問景仰唾罵而至如親如故的臉。那張曾經和切格瓦拉和毛主席像一齊化爲符號的臉。

迪倫揹著一柄Fender Strat電吉他，然而我們都明白這不是一九六五年新港民謠節。九〇年代，橫掃樂壇是悍猛的Grunge，是不可一世的Brit Pop，連迪倫那輩的老將，也有大出鋒頭的艾力克萊普頓（Eric Clapton）和艾爾頓強（Elton John），唱片在那幾年賣了上千萬張。巴布迪倫這個名字，誠然老早供在忠烈祠最高處，卻少有人願意抬頭認真瞧一眼——在多數搖滾迷心中，迪倫是一塊巨大的牌位，蒙著厚厚的灰塵。

迪倫的開場曲是〈潰堤〉（Crash On the Levee (Down in the Flood)），一九七一年，和我同齡。我目不轉睛盯著台上那嗓音嘎啞的老歌手，想狠狠記住當下的一切，卻不知怎地走神了，只記得他微駝著背的姿態，彷彿全世界的重量都壓在他身上。

是的，彷彿全世界的重量都壓在他身上。這便是我第一眼看到年近六旬的迪倫，揮之不去的印象。

對這位頭頂堆滿了傳奇光環的歌手，三千人的場子簡直寒磣，未免委屈了他——至少當時我是這樣想的。那陣子迪倫演出的場地，幾乎都是兩三千人的小廳小館。他最近的錄音室作品，是一九九二和一九九三的兩張老民謠翻唱輯，好則好矣，沒有新曲，不免讓人嗒然若失。至於最近的原創作品，得追溯到一九九〇年的《紅色天空下》（Under The Red Sky）——就連最忠誠的粉絲，也難以昧著良心說那是一張多麼傑出的唱片。

在死忠樂迷眼裡，迪倫的能量，似乎轉移到了演唱的舞台。一九八八年開始，他巡迴世界賣唱，從學校禮堂到國家級體育館，從賭城到梵蒂岡，迪倫每年起碼唱一百場，從不間斷。當時迪倫已經連續巡迴九年（後來一路唱到現在，二〇一〇已是第二十二年了），這該是搖滾史上持續最久的巡演吧，人稱The Never Ending Tour——「唱不完的巡迴」。迪倫對這個稱呼並不領情，他說：世間沒有甚麼是never ending的。

「唱不完的巡迴」引人入勝之處，在它的「無可預期」：每天的歌單都不一樣，即使有熟悉的曲目，也都徹底重新編排，不到迪倫開口唱第一句，你多半壓根兒猜不出是哪首歌（有時候咬字實在含糊，開口唱了也未必辨認得出）。簡單講，你既不知道今天會聽到哪些歌，也不知道它們會被改成甚麼樣子，更不知道今晚的迪倫會在甚麼狀態，每一場演出都是歌迷的賭博。押對了寶的，將聽到令人痛哭流涕星火四濺的顛峰演出，值得說與子孫聽。運氣不好的，則將聽到所有旋律都被簡化成一兩個音，而每一句傳誦多年的偉大詩行都被他含糊呢喃帶過，

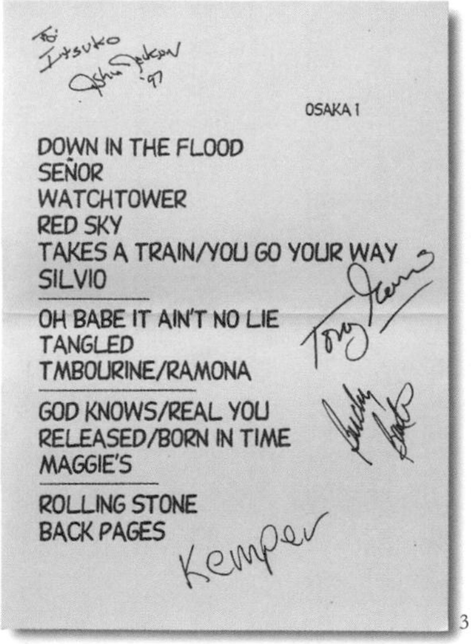

3

1

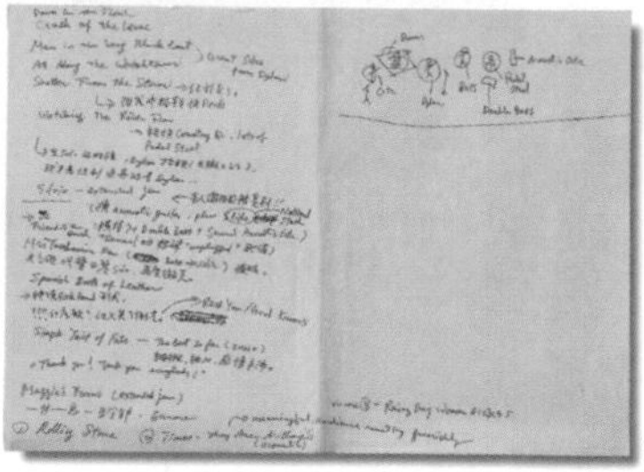
2

1. 一九九七年迪倫大阪演出傳單。
2. 我在名古屋生平首次親睹迪倫演出的現場筆記。
3. 大阪演唱會貼在舞台地板上提醒樂手的曲目表（cue sheet），事後常有歌迷討作紀念。
位津子竟有辦法找每位迪倫團員簽名，再影印寄給大家。

一首歌彷彿一口卡在喉頭的濃痰，吐不出嚥不下。

迪倫極少接受訪問，有幸面覲的記者經常問起的題目，便是「爲甚麼要在舞台上把自己的名曲改得面目全非，難以辨認？」迪倫有兩種答案：首先，跟他一塊兒錄過唱片的樂手多矣，若要精確重現唱片裡的聲音，得把當年錄音的樂手通通請回來：「那樣一來，舞台肯定擠不下的。」另一種回答更有意思，迪倫說：他的同輩，許多人都做出了「完美的唱片」，所以他們必須在舞台上「重現」那完美。但「我的唱片從來都不是完美的，重現那些東西毫無意義」。

既然「重現」毫無意義，夜復一夜的演出，就只能是另一種形式的「創作」，一如爵士樂手讓耳熟能詳的「標準曲」演化出繁花似錦的即興版本。這創造的成果只存在於當夜的舞台，除非你口袋藏著錄音機。而即使你用最好的器材偷偷錄下這一夜，一張「靴腿」（bootleg）又如何能取代身處現場的經驗？於是許多樂迷排除萬難攢錢去「跟」迪倫的演唱會，一口氣聽上七場、十場，就是不想錯過那夜夜變幻的「創作當下」。

一九九七年二月，迪倫日本巡演十一場，我看了四場。並不是每一場都客滿，演唱狀況也未必都「押對寶」，然而我心滿意足，別無所求。我知道，即使他以後不再發表新歌，只在舞台上持續這永不休止的實驗，我們仍有機會目睹這壯盛的創作成果。

我們當時都不知道，迪倫赴日巡演之前，剛剛在邁阿密錄完全新創作的《被遺忘的時光》（Time Out of Mind）專輯。這年春天，迪倫心臟遭細菌感染，大病一場，他說：「我都以為要去見貓王（Elvis）了。」然而這場病，似乎把他前此的霉運與蕭條一掃而空——九月新專輯發行，拿下葛萊美獎年度專輯，迪倫踏上了搖滾史或許最不可思議的「重攀顛峰」之路：二〇〇一年，他以〈世事不再〉（Things Have Changed）拿下奧斯卡電影歌曲獎（後來迪倫帶著小金人獎座巡演，總把它擺在舞台音箱上），千禧年後的三張創作專輯《愛與竊》（Love and Theft，二〇〇一）、《摩登時代》（Modern Times，二〇〇七）、《共度此生》（Together Through Life，二〇〇九）不但大獲好評，後兩張更攻下了全美專輯榜首。他的自傳《搖滾記》（Chronicles: Volume 1，二〇〇四）不僅上了《紐約時報》年度榜，還提名美國國家圖書獎。二〇〇八年，他獲頒普利茲獎。馬丁史柯西斯（Martin Scorsese）的紀錄片《歸鄉無路》（No Direction Home，二〇〇五）和陶德海恩斯（Todd Haynes）形式特異的傳記片《巴布迪倫的七段航程》（I'm Not There，二〇〇七），則讓千萬觀眾重新體會了迪倫對一國文化與幾代人集體記憶造成的巨大影響。

短短幾年，他儼然成了最熱門的「人間國寶」。迪倫面對這種種風光，淡然一如他面對九〇年代初的蕭條低調。近年，迪倫蓄起八字鬍，戴上牛仔帽，臉上皺紋愈來愈深，身形倒是愈來愈苗條。他依舊一年巡迴一百多場，依舊極少接受訪問，倒是客串了三年的廣播ＤＪ，言語詼諧而極富磁性，並再次讓我們對他廣袤幽深的音樂品味咋舌不已。

一九九九年，我又去紐約看了幾場迪倫演唱會，多是在萬人級的大場館，排場之闊，與兩年前的日本巡演不可同日而語。兩相比較，尤其慶幸當年看了他「重回高峰」前夕的演出，乃知道迪倫始終未曾動搖——無論面對的是一個傷心的情人，抑或二十萬眼睛發光的朝聖者。他一直都是那個闖蕩江湖的走唱歌手，裝著一腦袋的掌故，一口袋的歌。給他一個吻或一角銀，他便把故事唱給你聽。那壓在他肩上的一整世界的重量，其實早已不是負擔，只是我們未必看得出來。

二〇一〇

我那群日本樂迷朋友

想得愈多，便愈明白我遺落在日本的是甚麼——我的靈魂，我的音樂，還有那位藝伎樓的好姑娘——不知道她還記得我麼？假如日本人想認識我，他們可以聽聽這張唱片——他們也將聽見我的心臟仍在那間京都禪寺的庭園跳動不歇——總有一天，我會再去那兒把它要回來。

——巴布迪倫，一九七八年為《巴布迪倫在武道館》（Bob Dylan at Budokan）實況專輯所寫，時年三十七歲。

「真可惜，巴布去不成你的家鄉。」傑對我說——眾所皆知，原訂四月初舉行的台港京滬巡演，後來吹了。

「沒關係，我人已經在這兒了，我很開心。」我說。

傑的太太瓊安娜也陪他一塊兒來了日本——迪倫正巧有首名曲〈瓊安娜的形影〉（Visions of Johanna）與她同名，或許是美麗的巧合，又或許是她太愛那首歌，我沒有問。他倆都是坐四望五的年紀，老家在美國維吉尼亞州，此番飛越重洋跟著迪倫巡演，從大阪、名古屋到東京，總共十四場演出。我們相識那天，他倆已經看了十二場，再兩場就功德圓滿，得銷假回家上班了。

引介我與傑夫妻認識的，是吾友加藤。加藤不愛雞鴨魚肉，不大喫日本菜，我們約在京橋的印度菜館Dhaba India會面，加藤說那是東京最好的印度館子。午間特餐一千六百圓，果然好喫。仔細想想，我與加藤相識十幾年，一起喫過不少次飯，他帶我去過三家印度館子、兩家義大利館子，確實沒喫過日本菜。

一九九七年，迪倫赴日巡演，我下定決心飛去朝聖，卻苦無管道買票，只能在樂迷論壇貼了篇「救命！台灣樂迷想去日本看演唱會」的求救帖，第一個回信伸出援手的，就是加藤。後來我們成了朋友，他帶我遍訪新宿西口十幾家「靴腿」（bootleg，私釀地下錄音）專賣店，我們還曾在一九九九年共赴紐約看迪倫和保羅賽門（Paul Simon）聯合巡迴，順便去紐澤西看了兩場布魯斯史賓思汀與E街樂隊（Bruce Springsteen & The E Street Band）重聚家鄉的盛大公演。加藤名片上的職銜是看上去很酷的「翻譯、著述」，他翻譯的幾乎都是樂手傳記與回憶錄，替雜誌寫了三十年的樂評，領薪水的「正職」則是在補習班教英文。

「你會教學生迪倫的歌嗎？」瓊安娜興味盎然地問。

「啊不，我教的是讓他們考試得高分的那種英文……」加藤微笑道。彷彿是說，教他們那些歌？未免太糟蹋迪倫了。

這次來日本看演唱會，又是加藤幫忙買的門票。我拎了一盒新東陽鳳梨酥、一張林生祥《野生》和一張原住民歌謠《八部傳說．布農》專輯，權當謝禮。這些年若來日本，有空便約他喝杯咖啡，順手帶些台灣唱片給他聽。他細細問了這些音樂的背景故事，然後高興地說，他回去仔細聽聽，再替雜誌寫兩篇樂評，而且要早點兒聽，最好是他動身去韓國之前——加藤聽完三月二十九日的演唱會就要回家打包行李，準備飛首爾參加迪倫的亞洲巡迴終點站。他追著迪倫去過美國、墨西哥、巴西，地球都繞著跑過兩圈了。

「墨西哥和巴西還好，雖然不懂西文葡文，看著牌子至少還念得出來，韓國就不行了，連念都不會。所以我學了點韓文，至少先把字母讀懂，比較不會迷路。」加藤說，他只花了一星期就把韓文字母背上了。

原本加藤打算跟著迪倫跑遍台港京滬的，早早叮嚀我替他買票，我還想著總算輪到自己當一回導遊，可以帶他去淡水走走呢，下次吧。倒是位津子說，迪倫不來台灣不要緊，她或許還是會來台灣，不爲迪倫，純散心。我說，那我當然要盡地主之誼的。

和位津子是在最後一天散場門外遇見的。十多年沒見，位津子模樣沒怎麼變。我們在一九九七年迪倫名古屋演唱會後的樂迷聚會上認識，她也參加了一九九九年的紐約巡演。這姑娘連看六場演出，事前一張票也沒買，卻總能在演出前順利進場，有時甚至一毛錢都不用花，簡直神之又神。位津子用簡單英文寫的演出心得貼在樂迷論壇，總是迴響熱烈，她那會兒也就二十出頭吧，對迪倫的研究卻不輸加藤那輩的老樂迷。一九九九年七月二十六日，我們在紐約「浪人」（Tramps）俱樂部門外排了十四小時的隊等進場搶站位，閒聊起，纔知道她也對台灣電影挺熟的，侯孝賢、楊德昌都知道。

異地重逢，趕緊掏出本子請她留下電郵。位津子邊寫邊說，我現在改姓了——哎呀，當年那個爲迪倫勇闖天涯的小姑娘，現在結了婚，是兩個孩子的媽了。但，還是看了日本巡演全部十四場演唱會！

位津子的好朋友奈穗子也來了，她是我所認識惟一親口吻過巴布迪倫的女人。九七年大阪演唱會，奈穗子在安可曲之後跳上台，大方抱了迪倫一把，在他臉上狠狠親了一口。迪倫的保鑣還沒來得及反應，她已經從容下台了。事後大夥爭問她跟迪倫咬耳朵說了些啥，奈穗子說，她先問：「我可以親你嗎？」迪倫說：「喔，yeah，」然後她說：「請多來日本！」迪倫說：「喔，yeah。」那，迪倫親起來怎麼樣？奈穗子摸摸自己的臉，比個手勢說：「很糟，鬍子，」意思是太扎啦，不好親。

跟新木也是大阪一別，十幾年沒見。新木擁有藥學博士學位，在東京的製藥公司上班，和他一塊兒來看演出的高中死黨岩本，是日本經濟新聞社的支局長，兩人都是社會精英。他們從十五、六歲就是最好的朋友，一起迷上搖滾樂，高中時候就拚命攢錢買票，一塊兒去看了迪倫初次赴日的武道館公演……。

「等一下，武道館公演是一九七八年，你們那時候就去看了？」我驚訝地問道。那年我纔七歲，新木看上去也不過四十出頭啊。

「對，那年我們都十七歲。我今年四十九了。」

然後一夥年長樂迷開始細數一九七八年以來，迪倫到過日本幾次，誰哪一年去看了幾場……。七九年發行的實況專輯《巴布迪倫在武道館》在歐美評價始終不甚高，在日本樂迷心目中卻有不可取代的地位，每個資深樂迷都能講上幾段幕後祕辛。

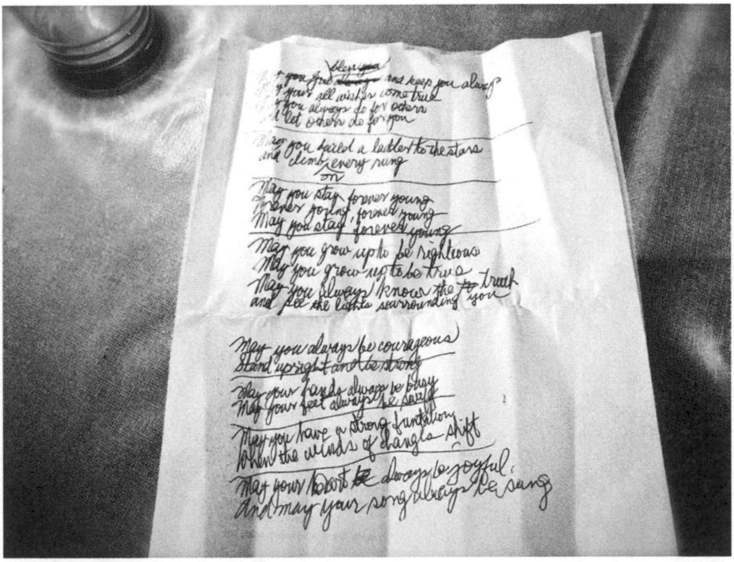

bless you
… you God … and keep you always
… your all wishes come true
… you always do for others
… let others do for you

May you build a ladder to the stars
and climb on every rung

May you stay forever young
Forever young, forever young
May you stay forever young

May you grow up to be righteous
May you grow up to be true
May you always know the truth
and see the lights surrounding you

May you always be courageous
Stand upright and be strong
May your hands always be busy
May your feet always be swift
May you have a strong fundation
When the winds of changes shift

May your heart always be joyful
And may your song always be sung

洋子阿姨默寫的〈Forever Young〉歌詞。

這群朋友之中年紀最長的，是很晚纔迷上迪倫的洋子阿姨。在名古屋相識那年，她已五十多歲，卻是初次親睹迪倫演出，從福岡到札幌連續看了十一場。如今她頭髮都白了，眼睛也不大行了，在Zepp那樣擁擠的live house站著看完整場演出，腰腿都喫不大消，裡面空氣也不好，她事前得先吞兩顆鎮靜劑，免得血壓飆起來。洋子阿姨的學生五十嵐陪著她，眉清目秀的男孩，纔十七歲，讀工業職校，未來的志願是當一位琴師，手工製作木吉他——聽他這麼說，我趕緊把李宗盛和Lee Guitar的名字抄在他那本貼了迪倫樂團成員照片、寫滿背景資料筆記的拍紙簿上，請他有空不妨關注關注。

洋子說，她那同爲迪倫迷的小女兒這次沒法來，因爲懷孕了，不能久站。我連忙恭喜：「哎呀，當然是寶寶第一，寶寶比巴布迪倫重要多啦！」洋子阿姨聽了這句話，倒沒有顯出要附和的意思。

「你帶了口琴嗎？可以吹一曲給我聽嗎？我好喜歡聽你吹口琴！」洋子阿姨說。真沒想到她還記得！一九九七年演唱會後，這群歌迷曾在名古屋一間叫Blonde On Blonde的小酒館聚會唱歌，我帶著十孔小口琴，湊熱鬧彈唱了兩曲。都十幾年了！「我也記得你唱的〈It's All Over Now, Baby Blue〉，口琴吹得好！」新木說。哇，原來他也記得！

但這回我沒帶口琴，只能和洋子阿姨抱歉。「我記得你那天還吹了〈You Ain't Going Nowhere〉，我是不是借你一支B調的口琴？那是迪倫的工作人員散場時候偷偷送給我的！」——我十三年前在日本親口吹過迪倫的口琴？居然一點印象也沒有！是那天喝多了麼？

聊著，洋子阿姨笑吟吟從包裡掏出幾張摺得皺皺的紙，攤開——秀氣的字跡寫著〈永遠年輕〉（Forever Young，一九七四）的歌詞。她說，枯等開場的時候，反正沒事，她便拿出紙筆默寫這首歌。誰也不知道，那天迪倫竟真的唱了〈永遠年輕〉——他每天演出的曲目都不一樣，終場之前，沒有人知道今天會聽到甚麼。

「這是奇蹟啊，他感應到你的心意了！」我說。

「巴布唱不唱這首歌，我都一樣開心，只是我沒有想到，他真的唱了……。」

洋子阿姨輕撫胸口，不勝柔情。

〈永遠年輕〉原是一首父親獻給孩子的歌，當年迪倫纔三十二歲：

願你雙手時時忙碌
願你步履時時輕盈

每當風向轉變
願你總能守得住、站得穩
願你時時滿心歡喜
願你歌聲傳唱不歇
願你永遠年輕
永遠年輕，永遠年輕
願你永遠年輕……

二〇一〇年三月二十九日晚上在東京Zepp，迪倫日本巡演最後一場。我站在人叢中，迪倫就在十公尺前方。六十九歲的歌手對台下兩千歌迷唱起這首歌的時候，相同的歌詞，霎時有了全新的意義。我靜靜聽著，不知不覺，眼淚就流下來了。他老得真好，但願我們也可以。

二〇一〇

迪倫為甚麼酷？

開場白

多年來，迪倫演唱會開場都只有一句引言，由一位聲底渾厚的男子負責，據說是迪倫的巡演助理之一：

先生女士們，哥倫比亞唱片公司藝人，巴布迪倫！

我十多年前看他的演唱會，便是這句台詞揭開序幕，很酷很低調。然而今年三月，我在東京Zepp聽到的開場白已有調整，宣讀這段台詞的聽起來仍是同一位助理，還配上了馬戲團的華麗音樂：

先生女士們，讓我們一起歡迎搖滾樂的桂冠詩人，六〇年代亞文化夢想的代言人。他逼民謠上了搖滾的床，在七〇年代化過一臉濃妝，而後在藥物濫用的迷霧中銷聲匿跡。接著他重現人間，信了耶穌。八〇年代末期，他被當成過氣角色一筆勾銷，卻又忽然改弦易轍，在九〇年代末開始推出他畢生最強的若干作品——先生女士們，哥倫比亞唱片公司藝人，巴布迪倫！

這段裝腔作勢的滑稽宣言，摘自二〇〇二年八月《水牛城新聞報》一篇談論迪倫的文章。一個星期之後，迪倫演唱會的開場白就改成了這個版本——想來連迪倫自己都對該文作者集陳腔濫調之大成的超凡功力佩服不已，覺得不拿來用一下實在可惜。

真想知道這位被「示眾」的作者後來得悉此事，心情究竟是羞慚抑或虛榮。

外套與面具

喬治哈里遜（George Harrison）大概是這麼說的：「披頭」的身分，只是他穿過又脫掉的一件外套，偏偏很多人以爲那件外套就是他本人。

這麼說來，「巴布迪倫」也是，而且那件外套換了太多樣式。大夥盯著一件件外套眾說紛紜幾十年，考證「外套史」的文獻堆成了小山，我們還是沒弄清楚那穿外套的人到底是誰。

一九六四年十月三十一日正巧是萬聖節，孩子們都在這天扮裝易容沿街敲門討糖果。二十三歲的迪倫遂在紐約演唱會興致高昂地對觀眾說：「今天萬聖節，我戴了『巴布迪倫』面具上台。」全場哄笑，卻沒人想到這是一句大實話。

十多年後，一九七五年的「奔雷秀」（Rolling Thunder Revue）巡演，有一夜迪倫真的戴了張「巴布迪倫面具」上台——他在紐約四十二街看到一間賣各式名人面具的小舖子，其中竟有一張橡皮面具是他自己的臉，迪倫當場買下了。當戴著迪倫面具的迪倫上台，觀眾都傻了，一片肅靜，沒人敢鼓掌：這是真的迪倫麼？還是一場玩笑？雖然這人唱歌的聲音聽上去挺像的……眾人狐疑地盯著台上那人唱了三、四首歌。直到口琴間奏的段子，迪倫隔著面具沒法吹，纔把它一把扯下，露出本來面目。

作家演員山姆謝帕爾（Sam Shepard）當天也在現場。他寫道：「扯下面具這招很震撼，儘管那效果並不是刻意設計出來的。觀眾完全一頭霧水，依舊搞不清楚台上那人究竟是不是他。」

迪倫不演出的時候，行事極其低調。八〇年代，他出外上街總穿一件連帽運動外套，扣上帽子，拉鍊拉到下巴，戴著墨鏡，雙手揣在口袋，低頭疾走，彷若酒舖劫匪，簡直低調得欲蓋彌彰。那幾年，迪倫面孔浮腫、膚色蒼白，媒體繪聲繪影說他酗酒過度搞壞身體，他乾脆把臉塗白，畫上黑眼線，搞出一個半人半鬼的造型，嚇壞了一世界的歌迷。有人說，那是迪倫的「死面」（death mask）——從前人甫新死，常以石膏覆面翻模製像，謂之「死面」，留下那人在世間最終的表情。迪倫這自製的「死面」，或也意在讓歌迷放棄對這張臉的種種追討吧。

迪倫滿世界巡演，偶爾也會進城逛逛。二〇〇九年七月二十三日，紐澤西的朗布藍奇（Long Branch）派出所接獲民眾報案，稱有一老人舉止古怪，在他們後院出沒。附近巡邏的年輕女警趕赴現場，果然看到一邋遢老頭在街上慢騰騰散步，黑色運動褲塞進雨靴，披著兩層雨衣，帽子拉在頭上，被傾盆大雨淋得一身濕。女警問他在街上幹嘛，老頭說他看到有棟房子豎了個「待售」牌子，就過去看了看（就是這一看，把裡面的屋主嚇壞了）。

女警認爲這老頭確實舉止可疑，附近居民也紛紛探頭張望，神色警戒。女警問他姓名，他說「巴布迪倫」。女警見過照片裡的迪倫，可跟這老頭一點兒都不像。於是她問這位「迪倫先生」，大駕光臨此地有何貴幹？他說他和威利尼爾森（Willie Nelson）、約翰麥倫坎（John Mellencamp）一起巡迴公演。女警想，這恐

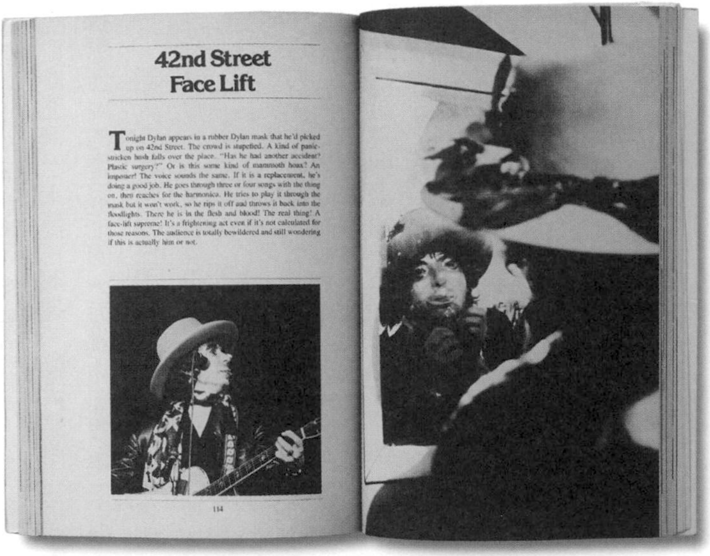

42nd Street
Face Lift

Tonight Dylan appears in a rubber Dylan mask that he'd picked up on 42nd Street. The crowd is stupefied. A kind of panic-stricken hush falls over the place. "Has he had another accident? Plastic surgery?" Or is this some kind of mammoth hoax? An imposter! The voice sounds the same. If it is a replacement, he's doing a good job. He goes through three or four songs with the thing on, then reaches for the harmonica. He tries to play it through the mask but it won't work, so he rips it off and throws it back into the floodlights. There he is in the flesh and blood! The real thing! A face-lift supreme! It's a frightening act even if it's not calculated for those reasons. The audience is totally bewildered and still wondering if this is actually him or not.

114

劇作家山姆謝帕爾一九七八年的《奔雷秀航海誌》(The Rolling Thunder Logbook)側寫迪倫七五、七六年的「奔雷秀」巡演，記載了那樁「面具事件」。

怕是公立醫院逃出來的病患，於是請他出示證件，老人說沒帶。女警問他住哪兒，老人說他的巡演巴士停在海邊一幢大旅館，名字忘記了。

女警猜想他說的是附近的「海景休閒會館」，便請老人上警車，容她帶他回去確認身分。老人在警車後座禮貌地說：我知道你職責所在，不能放我走，但你確認我的身分之後，可不可以再載我回去剛纔的地方？女警心想：你這死老頭，鬼扯甚麼啊。

警車開到當地，居然真的停著幾輛巨大壯觀的巡演巴士。迪倫經紀人拿出護照給女警檢查，上面的名字確實印著Bob Dylan。她滿腹狐疑遞還護照，禮貌告別，始終不相信這老頭就是「那個」巴布迪倫。

鬍子

迪倫有一臉好鬍子，只要他願意好好照顧。六〇年代末他返樸歸真的鄉村音樂時期留過一陣兩鬢連到下巴的鬍髭，看上去很精緻。《約翰衛斯里哈定》(John Wesley Harding，一九六七）封面那幀黑白照鬍子已經留上了，但還不太到位，到《納許維爾天際線》（Nashville Skyline，一九六九）和《黎明》（New Morning，一九七〇）封面那樣纔是真的好鬍子。他上「強尼卡許秀」（Johnny

Cash Show）電視節目，兩人合唱〈北國姑娘〉（Girl From The North Country），迪倫一臉好鬍子，一身西裝，配上他那兩年變得柔潤的聲嗓，確有讓時代爲之一新的氣象。七〇年代，他的造型又和音樂一起「野」回來——七〇年代的迪倫對鬍子好像很無所謂，時常讓它介乎刮與未刮之間，和暴生的亂髮連成一氣，看上去有股自厭頹廢的緊張感。

迪倫的鬍子，是在二〇〇四年纔又真正「有型」起來的。他把鬍子修成「鉛筆線一樣細」，伏貼在上唇，有點兒像《亂世佳人》（Gone With the Wind）的克拉克蓋博（Clark Gable），或者蒙面俠蘇洛（Zorro）。迪倫的「新鬍子」在樂迷間掀起巨大爭議，然而有樂迷細細考據，從他的自傳找到線索：迪倫回憶少年時初識民謠老前輩西思科侯斯頓（Cisco Houston），對他的鬍子印象深刻：

> 西思科，英俊瀟灑、風度翩翩，留著鉛筆線一樣細的鬍子，看上去像走河船的賭棍，也像明星埃羅爾弗林（Errol Flynn）。

這麼一想，可不是嘛。迪倫這幾年的舞台裝扮，牛仔帽，皮靴，鑲金滾邊的長外套禮服，配上那兩撇小鬍子，活脫脫就是十九世紀在美國江輪上賭錢的體面

一九六五年，迪倫捏著一支刮鬍刀，一臉清淨。五年後，看看他的鬍子……。

痞子樣，只是手上拿的不是一疊撲克牌，而是一隻口琴，或者一柄吉他。

說話

迪倫是出了名的不愛講話，私下極少受訪，歌迷也很習慣他在台上除了唱歌和介紹團員，並不多講一句話（往往連「哈囉」和「謝謝」都欠奉）。要是他老人家多說了一兩句，就會被當成大新聞，轟傳網路論壇——「昨晚迪倫開尊口，在台上講了個笑話！」

事情並不一直是這樣的。六〇年代中期，迪倫巡演沿途辦了不少記者招待會。他總戴著墨鏡，頂著一頭爆炸亂髮，對著一整排麥克風，煙囪一樣噗噗抽著香菸，不假思索，有問必答。然而，記者很少能拿到他們期待的答案，得到的往往是羞辱和困惑。

有人說，迪倫當年之所以要開記者會，搞不好就是要用公開羞辱記者的方式，把媒體的愚蠢公諸於世。有人甚至認爲，一九六五到一九六六的迪倫記者會，是可以和他的演唱會相提並論的精采「演出」：

問：你會以「抗議歌手」描述自己嗎？

答：不，我不是抗議歌手，在美國，我還是小男孩的時候就沒有人叫我抗議歌手了，我唱的都是普通的數學歌曲。

問：甚麼意思？

答：你不知道數學？就是像加，減，乘，除……。

問：你喜歡任何一位模仿你的抗議歌手嗎？

答：不，你聽過我唱嗎？

問：還沒。

答：你坐在那邊問一些你自己都不懂的問題，不會很奇怪嗎？

問：你為甚麼不再寫抗議歌曲了？

答：我所有的歌都是抗議歌曲，你隨便講個東西，我都可以抗議。

問：你最大的野心是甚麼？

答：當個切肉的。

問：範圍可否再擴大一些？

答：切很大一塊肉。

問：你快樂嗎？

答：是的，差不多跟一只菸灰缸一樣快樂。

一九七九年迪倫皈依成爲「重生基督徒」，那段日子他經常在演唱會上像牧師布道那樣長篇大論，而且一首暢銷名曲都不願唱，只唱新寫的宗教歌曲，逼得不少聽眾中途離座，留下一排排空蕩蕩的座位——是的，一如一九六六年的英國巡演，死忠民謠聽眾受不了他大分貝的搖滾樂，只能集體離座表示抗議。一晚，迪倫在台上說：

多年前他們說我是先知，我總說「我不是甚麼先知」，他們還是堅持「沒錯沒錯，你是先知」……他們老要說服我，讓我相信自己是先知。現在我站出來說：耶穌基督就是答案，他們卻說「巴布迪倫又不是先知」，他們真是不知道拿我怎麼辦纔好……。

後來，迪倫就很少公開講話了，歌唱纔是他習慣面對世界的方式。誰都沒想到他竟在二〇〇六年以六十五歲之齡變成電台節目主持人。他在任何一輯節目講的話，都超過他一整年在舞台上發言的總和。每輯節目都以一則主題貫串，光看題目就夠精采：「汽車」、「睡覺」、「感恩節剩菜」、「鎖與鑰匙」、「十一以上的數字」……從極偏僻的古老鄉謠到重搖滾和嘻哈，品味包羅萬象。老頭子的聲音極富磁性，詼諧自在，經常穿插一些虛構的聽眾叩應和來信，或者講講老爺爺時代的冷笑話。迪倫在巡演路上抽空錄音，持續做了整整三年共一百輯節目，播歌一千多首。最後一輯節目的主題是「再見」，結束曲來自他的啟蒙恩師伍迪葛瑟瑞（Woody Guthrie）的〈別了，很高興認識你〉（So Long, It's Been Good To Know You）。

九〇年代末有段時間，每晚演出介紹團員的時候，迪倫都會順便講一則笑話，多半是超難笑的冷笑話，歌迷在網路論壇闢有「迪倫舞台笑話」一欄專事蒐集，試舉數例：

彈吉他這位是查理謝克斯敦（Charlie Sexton），他是全團最壞的壞傢伙——我們去中東演出的時候，查理把死海殺掉了！

> 今天在旅館，我們一大早就都醒了，旅館有搶匪，耶，我們是被防盜警報器吵醒的……
>
> 今天我差點到不了這兒，車子爆胎，被岔路給叉破了（there was a fork in the road）……

從口琴到電風琴

私心最愛的迪倫口琴段子有二：來自唱片的〈或似珍女皇〉（Queen Jane Approximately，一九六五）和現場版的〈俱往矣，寶貝藍眼睛〉（It's All Over Now, Baby Blue，一九六六年五月二十七日，倫敦亞伯廳實況）。

〈或似珍女皇〉在《六十一號公路重遊》（Highway 61 Revisited）那張曠世專輯之中算是比較被冷落的歌，然而暗藏致命的魅力。它從素描式的淡墨啟始，一路蔓生，愈唱愈開，終於化爲妖氣四溢的燦爛毒花。末段的口琴獨奏，危險的香氣充盈天地，足以將你溺斃。

〈俱往矣〉始終是我最珍惜的迪倫歌曲。六六年巡演的每一個現場版本，口琴都有不一樣的吹法，時而悽厲顛狂，時而溫柔婉轉。五月二十七日亞伯廳演出錄音到現在都沒有正式發行，只有醋酸酯試刻盤（acetate）轉錄的地下錄音留存，滿是必必剝剝的「炒豆」聲。較諸一九九七年正式出土的《私藏錄音第四輯》（The Bootleg Series Vol. 4）五月十七日曼徹斯特實況版（個人覺得這個版本最能體現一九六六年巡演自毀式的迷幻出神狀態），二十七日的錄音作為不朽的六六年歐洲巡迴最終場，濃烈如夢，蒼涼壯烈，直入無人之境，確實把我們帶到了一整個時代的終點。

迪倫把口琴架在脖子上，讓他可以一邊吹，一邊騰出雙手彈吉他。這架子原是所謂「單人樂隊」——揹著整套鼓吹吹打打邊彈邊唱的街頭藝人，走唱江湖所用。前輩民謠歌手也常用，但還是迪倫把這原本帶著雜耍氣質的道具，變成了酷的象徵——八〇年代末我剛上大學，也想有樣學樣，自吹自彈。口琴不難買，偏偏那架子遍尋不得，沒辦法，只好去五金行剪了幾段粗細鐵絲，用尖嘴鉗做出一只口琴架，勉強堪用，只是偶爾會被鐵絲戳到嘴巴。過了一年，總算在羅斯福路的樂器行買到一只和迪倫用的一模一樣的架子，那只「克難」鐵絲架纔被我扔了。

近年，迪倫在舞台上很少彈吉他，幾乎都在彈電風琴，於是口琴架也用不著了。他改用五〇年代芝加哥藍調樂手吹口琴專用的「子彈式」手持麥克風（老電影裡無線電通報員用的那種，巴掌大，橢圓形），能把口琴聲變得又厚又麻，搭上搖滾樂隊，效果正好。二〇一〇年三月二十九日的東京Zepp演唱會，我在台下，離迪倫十公尺。老頭子唱到二〇〇七年新歌〈我太太的老家〉（My Wife's Home Town），編曲和旋律直接襲自五十多年前的芝加哥藍調大師馬地瓦特思（Muddy Waters）和威利迪克笙（Willie Dixon），一股挾泥沙而俱下的髒猛勁兒。輪到中段的口琴獨奏，迪倫抄起麥克風，手舞足蹈地吹起來——那聲音如刃如火，幾代音樂人的家底都沉在這裡，一層翻出又有一層，簡直令人生畏。然而老迪倫看上去歡快無比，就像一個街頭賣唱的雜耍藝人。

老迪倫改彈電風琴這件事，在我沒去現場親睹之前，心裡也不無疙瘩。畢竟他揹著吉他的形象，根本就是當代所有「創作歌手」賴以模仿追索的「原型」。然而親臨現場，纔體會到老迪倫的意思——據說迪倫覺得吉他沒法好好表現低頻的音場，只能用電風琴補上。原本想雇一位鍵盤手，但迪倫說：每個鍵盤手都想當獨奏家，他卻只需要非常簡單的東西。他始終找不到合適對象，最後乾脆扔了吉他，自己下來彈。

迪倫的電風琴確實線條單純，樸實無華，然而大匠不工，個性反而明顯。既然團裡兩把吉他都是爐火純青的好手，他自己彈不彈，倒真的無關宏旨。反倒是電風琴，圓滿了樂隊的音場。我想，就算是他的老朋友艾爾庫帕（Al

Kooper）——那位當年在〈像一塊滾石〉（Like A Rolling Stone）和〈絕對第四街〉（Positively Fourth Street）彈電風琴而成爲一代宗師的鍵盤手，聽了現在的版本，也會以迪倫爲榮的。

舊歌，新歌

一首歌，能包進一整個時代，一整個世界麼？你聽〈苦雨將至〉（A Hard Rain's A-Gonna Fall，一九六三）、〈盲眼威利麥泰爾〉（Blind Willie McTell，一九八三）、〈勞動者藍調二號〉（Workingman's Blues #2，二〇〇七），那些句子，艾倫京士堡（Allen Ginsberg）形容的好：「一串串燦爛奪目的意象。」它們和時代一樣巨大，和世界一樣難解。這麼多年，我們仍然不敢說誰真聽懂了他的歌。就像這時代，這世界，我們始終望不穿，搞不懂。有的句子，乍看乍讀也就那麼回事，聽來卻像布魯斯史賓思汀（Bruce Springsteen）說的「猛然踢開你腦袋裡那扇門」，那是歌的力量：

每個人都在做愛
或者期待一場雨

你永遠不會懂我受的傷，和我掙脫的痛苦
而我也永遠不會懂你，
你的聖潔，和你所謂的愛，
而這真真讓我遺憾

——〈荒蕪區〉（Desolation Row，一九六五）

我去過糖鎮，我抖落一身的糖
我得趕去天堂，趁大門還沒關上

——〈愚癡之風〉（Idiot Wind，一九七五）

——〈設法上天堂〉（Tryin' To Get To Heaven，一九九七）

即使在極早極早的年代，你聽二十幾歲的迪倫在台上自彈自唱，便已經和唱片裡的版本完全兩樣了。如今他年近七旬，那些年少輕狂的歌，唱來更是不一樣的意思了：

來吧，全國做父母的，聽我說
你們不懂的事情，不要妄加批判
你們的兒子女兒，不會再乖乖聽話
你們那條老路，愈來愈不堪走
新路已開，請你們讓到一旁，要是不能伸出援手
因為時代正在改變

戰線已畫，詛咒已下：
慢的終將變快
當道的終將過氣
那些老規矩，都已不合時宜
領先的終將落後
因為時代正在改變

——〈時代正在改變〉（The Times They Are A-Changin'，一九六三）

當初那一腔正氣向著「大人世界」喊話的憤青，如今年紀比美國總統還大二十歲。同樣的歌，聽來更像是對同輩，甚至晚輩的勸誡，然而力量依舊，甚至更顯老辣。

至於迪倫自己，從不追求領先，也不在乎快慢，那麼也就無所謂過不過氣，更無所謂落不落後了——他走的，始終是自己開的那條路。

二〇一〇

記得藍儂

藍儂遇刺身亡那年，我九歲。電視螢幕播出達科塔華廈門前群聚哀悼的樂迷，鏡頭晃過去，燭光搖曳，映出一張張模糊的臉孔，有人哭泣，有人歌唱。我並不知道那個在自家門前被槍殺的明星是誰，也不知道我的長輩們有多少人為此傷心落淚。當然，我也不可能知道那位歌手，在他橫死前幾天，曾經說過這樣的話：

我對自己的任何一段過去，都沒有任何浪漫情結……我不相信昨天。

六年後，我已是中學生，無意間在母親的抽屜找到一捲披頭精選輯卡帶，它改變了我的生命：我開始蒐集每一張披頭專輯和團員個人作品，到處查索相關論述，逐句研究歌詞，繼而對那個我未及親歷的時代愈來愈好奇，終於一頭栽進父母輩的老搖滾世界。須知那還是八〇年代中期，市面上找不到太多披頭的蹤影，身邊的同齡孩子完全沒有同好，我只能認真抓緊每一條線索，在茫茫大海打撈珍寶：西門町中華商場的唱片行偶爾有進口版黑膠，數量稀少，而且很貴。翻版唱片儘管便宜，品類卻也不多。一九八七年，披頭全部作品首度發行CD，台灣代理商同步出版卡帶，內附歌詞與背景說明，是首度完整引進的正版。全套十五種專輯，大約花了一年纔出齊。那疊卡帶，便是整個青春期記憶中，最最響亮的背景音樂。

我搭公車到中山北路賣進口書的「敦煌書店」，把披頭團員的名字抄在紙上，請店員姊姊替我找出每一本標題包含這些名字的書。她竟不辱使命，真找到了好幾本邁爾斯（Miles）編纂的訪談嘉言錄，讓我翻著字典狠狠啃讀了一兩個月。那幾年，有的同學會在公車月票的票夾背面放一幀松田聖子、中森明菜、或飛身灌籃的麥可喬丹的照片。我也有樣學樣，用鋼筆描下披頭肖像，驕傲地擺進自己的月票夾。我能背誦披頭每張單曲的發行年月、每張專輯的英美排行冠軍週數與銷售紀錄，甚至維妙維肖模仿他們的簽名式。中午喫便當的時候，我搬出老師上課的錄音機擺在教室前，放披頭的歌給大家聽。我用《花椒軍曹》的圖樣裝飾教室的布告欄，還在校刊寫了兩篇自以爲嘔心瀝血的披頭賞析長文——儘管令現在的自己臉紅，那卻是我生平最早的「樂評文字」。

下課鐘一響，我總是迫不及待抓出隨身聽戴上耳機。有一次放到藍儂精選輯那首〈聖誕快樂（戰爭結束了）〉（Happy Xmas〔War is Over〕），藍儂、洋子和兒童唱詩班伴著菲爾史培克特（Phil Spector）壯盛的弦樂，歡快地唱道：

如今耶誕又來到
遍臨弱者和強者
遍臨富人和窮人
儘管世局如此錯亂
讓我們說聲耶誕快樂
為黑人白人
也為黃人紅人
願我們不再爭戰
願我們有個快樂聖誕
共度快樂新年

願來年是好年
不再恐懼害怕……

世界如此巨大，歷史如此沉重，這首簡單的歌竟穿越了一切，直直揪住猶然稚嫩的十六歲的心臟。我忍不住伏案痛哭，眼淚嘩嘩淌在桌上。幸虧教室很吵，同學們各自談笑打鬧，沒人注意我的失態。唉，都是藍儂害的。

一九八九年夏考上大學，百無聊賴的暑假，上成功嶺受訓之前，中廣「青春網」主持人藍傑聽說有這麼個迷戀老搖滾的小夥子，便大膽邀我在他的節目開個單元介紹披頭。當年聽眾竟也頗有一些人沒捨得轉台，還來信鼓勵這個毛躁的大孩子。算起來，那個暑假便是我音樂DJ生涯之始。藍傑阿姨和披頭，都是帶我入廣播這一行的恩人。

和我的長輩們不同，我註定是「遲到」的樂迷，永遠不可能親身體驗和披頭一起成長的滋味。一九七〇年四月，當外電越洋傳來披頭正式解散的消息，我的長輩們可曾感受到巨大的幻滅，被迫擲入「大人世界」的不甘？十年後藍儂猝死，那少數真正懂得搖滾的我的長輩們，又曾如何回望曾經理直氣壯的夢想？

一九九九年夏，我終於來到紐約中央公園西側，站在當年擠滿上萬哀悼樂

一九七一年《聖誕快樂（戰爭結束了）》四十五轉單曲唱片，一九九五年購於倫敦。

迷的人行道，望了望藍儂曾經躺下的地方。不苟言笑的門房守著那幢豪宅，他早就習慣來此探頭探腦的各國觀光客，眼皮都沒抬一下。我踱到對面，沿著小徑找到中央公園側邊那片綠樹掩映的小小廣場，馬賽克鑲成的環形圖樣，中央拼著IMAGINE，那是藍儂的名曲。藍儂和洋子當年常在那條小徑散步，藍儂死後，紐約市爲紀念這位來自利物浦的移民，遂以披頭的歌爲這小廣場命名爲Strawberry Fields，「草莓園」。

那天，IMAGINE旁邊擺著兩莖歌迷獻上的鮮花。遠眺對街的達科塔華廈，分辨不出藍儂故宅是哪一扇窗戶。但我知道他的白色鋼琴還在那幢樓裡，小野洋子也仍住在那兒。據說，每年忌日，她會在窗台擺一支白燭，陪樓下聚集的樂迷守夜。對街的「草莓園」總有成群樂迷，在十二月的寒風中彈琴唱歌，直到深夜。

年輕時，也曾想在藍儂忌日點一支白燭，卻又不免覺得矯情。然而若有空，還是會放一張他的唱片，彷彿得對自己的青春有個交代。

如今自己也是中年人了，眼看就要活過藍儂在世的年紀。回頭再聽他的歌，也漸漸脫離仰望崇敬的心情，見山是山，反而更知道感激。藍儂畢生都對娛樂圈的造神風氣深惡痛絕，從來都懶得製造完美的公關形象。相反地，他從不迴避生命中的黑暗與不堪，風雨陰晴，都是生活。於是他自己的歌，往往比任何八卦報導都更生動地呈現了這個男人的模樣。或許正因如此，每個熟聽藍儂的歌迷都覺得自己是他的老友，懂得他的一切強悍與脆弱。這麼多年了，他的歌仍能穿越重重疊疊的論述包裝、傳奇光環、八卦爭議，直接揪住你我偶爾脆弱的心臟。

不記得有多久不曾好好哭一場。或許，該是拿出他的老唱片，認認真真從頭溫習一遍的時候了。

二〇〇九

註：本文為小野洋子編《我心目中的約翰藍儂》（Memories of John Lennon）中譯版序。

重塑雕像的權利

關於《我深愛過的約翰藍儂》

多年前，曾在《滾石》雜誌看到一幅跨頁照片：朱利安藍儂（Julian Lennon）肅然站立，雙手展開一幀父親約翰藍儂披頭時代的肖像。青年朱利安與黑白照裡的父親一同凝視著鏡頭，照片中的父親比兒子還年輕。那是千百萬人仰望崇拜的父親，自小棄他而去的父親，對母親殘酷無情的父親，給了他這身既是光環也是詛咒的血統的父親，來不及多認識一些的父親。千言萬語，都沉澱在朱利安波濤洶湧的眼底。

二〇〇〇年，三十七歲的朱利安在父親二十週年忌日前夕發表了一篇文字，不客氣地寫道：「我對爸爸始終心懷忿恨，不只因為他對我的輕忽，也因為他口口聲聲的『愛與和平』。那所謂的『愛與和平』，從未進過家門找我。我也懷疑他若還在世，會是甚麼情況——我猜，那得看看他到底是『約翰藍儂』（我爸爸），還是『約翰小野藍儂』（被擺布的失心人）？」。

很多情緒，並未隨時間淡去。傷口太深，一生都在淌血，惟有絮絮訴說，方能稍減痛楚。朱利安的母親辛西亞奮筆寫下這本回憶錄，尤其是苦澀的後半部，多少也帶著「自我療癒」的心情吧？

經過這些年，約翰藍儂的臉孔，早已化爲象徵、化爲符號。放眼二十世紀，能展現如許魅力的臉孔，大概只有切格瓦拉那幀肖像差堪比擬。當「約翰藍儂」這個名字，在大多數人心目中只賸幾幀頭像、幾行歌詞、幾句名言，當他的一生被濃縮成一個閃閃發光的名字，擺進櫥窗、供上神龕，這本書，足可讓我們重新認識有血有肉的「另一個」約翰藍儂。

這不是容易的事：幾十年來，關於披頭與藍儂的論著汗牛充棟，足以成立主題圖書館。四披頭歷來的妻子、家人、朋友、同事，早已出版了數不清的回憶錄。瞥一眼相關書目，任何人都會懷疑：關於披頭，竟還有甚麼是沒寫到的麼？

辛西亞藍儂有備而來：她不需要重複寫那些全世界都倒背如流的掌故和傳奇，也不需要對披頭與藍儂的音樂探討太多，那都被無數人寫過無數次了。她和藍儂相識、相愛到仳離的故事，娓娓道來，便是最最引人入勝的「全新視角」。短短幾年，藍儂從一個愛彈吉他的利物浦不良少年，變成了橫掃世界的披頭團

披頭主唱音韻不再

約翰藍儂慘遭殺害

當年曾使貓王黯然失色

如今猝逝舉世歌迷震驚

一九八〇年十二月十日《聯合報》。

長、反叛文化的旗手、半個地球青年人的精神領袖。辛西亞參與了藍儂年少輕狂的歲月，經受了「披頭熱」席捲世界的瘋狂場景，捲進六〇年代青年文化萬花嬉春的漩渦。在一切風暴的核心，她依舊認分地扮演「成功男人背後的女人」，即使兩人愈來愈疏遠，她還是死心塌地愛著那個十七歲就和她在一起的大男孩，傻傻地相信只要她愛得夠深，他終會體會她的用心，讓一切重歸美好。

事情當然不是那樣：藍儂認識了小野洋子，天雷勾動地火，之後的故事無人不曉。然而，藍儂與洋子的「世紀愛情」背後，卻是被無情拋棄的辛西亞母子。這是書中最令人心碎的篇章：辛西亞筆下的藍儂無情而殘酷，之後多年都對前妻與長子不聞不問。那樣的冷漠，與他口口聲聲的「愛與和平、天下一家」兩相對照，怎不令人唏噓，難怪朱利安多年後仍然忿恨不平。相信辛西亞也是在多年以後，纔有辦法用如此靜定成熟的口吻，回顧那樣痛徹心扉的歷程。

相信藍儂對此也不無愧疚之情。然而就跟無數「搞砸了」的男人一樣，他沒有勇氣面對自己捅出來的漏子，只有一直逃避。在生命中最後那段時間，藍儂纔試著重新拉近與長子的距離，可惜這場和解剛剛起步，上帝竟吝於給他們更多時間了。

這本書，為我們新塑了一座不大一樣的藍儂造像：荒唐耽溺，惶惑脆弱，懦弱逃避，憤怒殘酷……這些形容詞放在藍儂身上，對熟聽他「自白式」作品的歌迷而言，其實並不意外。但辛西亞的巧手讓鮮明的細節反襯整體，塑出了一尊熟悉中帶著陌生的臉孔，顯露出我們未曾見過的表情。那絕對不是印在海報上、供在神龕裡的那張已經抽象化、符號化了的臉。那是一張背對鏡頭與群眾，卻時時令人不安的臉。

而我相信，藍儂若天上有知，也不會反對辛西亞寫這本書的。他原就不喜歡被供進神龕，許多最激烈的「反偶像」舉措甚至是來自他自己：且不說他和小野洋子全裸入鏡自拍封面的驚世之舉，聽聽他在〈冷火雞〉（Cold Turkey）如何描寫藥癮勒戒的痛苦，〈善妒的男人〉（Jealous Guy）又是怎樣痛悔自己的善妒和暴力，你就知道他向來寧取殘酷的真實，寧可得罪全世界，也不願言不由衷、面面討好。披頭解散那年，他在《滾石》雜誌專訪（後輯入《藍儂回憶》一書）徹底否定了六〇年代嬉皮們天真的美夢，親手砸碎了披頭高不可攀的神聖形象。一九七〇年的專輯《塑膠小野樂隊》（Plastic Ono Band）便是沉重的警鐘，逼著一代人認清：美夢已醒，那場集體的 trip 早該結束，是面對現實的時候了。然而千千萬萬樂迷還是寧願沉浸在舊夢之中，誰叫披頭的音樂如此美好豐饒？他們一定是天使，不然怎能做出這樣完美的音樂？

許多人最終花了不少時間與氣力，纔終於艱難地接受一件再明白不過的事：偉大的作品，並不等於偉大的人格。他們往往把生命中提煉出最精采、最動人的那些，都留在作品裡奉獻給這世界，自己孤獨面對劫餘的廢墟和飛灰。我們無需為他搞砸了的事情尋找托辭，人畢竟不可能活成一句口號，一個符號。

想通這一層，我們纔可以繼續愛他——連同他的失敗，他的不完整，還有他搞砸的一切。

二〇〇九

註：本文為約翰藍儂前妻辛西亞藍儂回憶錄《我深愛過的約翰藍儂》（John）中譯版序，本文題目借自一支中國搖滾樂團的團名。

胡士托猜想

一九六九年八月十八日星期一早晨，胡士托音樂節的壓軸巨星吉米韓崔克斯（Jimi Hendrix）彈罷〈嘿，喬〉（Hey Joe）最後一段獨奏，卸下那柄雪白的Fender Strat電吉他，步下舞台。前兩天的滂沱大雨和各種意外把節目推遲了整整一夜，大部分觀眾早已筋疲力竭，等不到天亮便陸續散去。原本擠滿五十萬人的大草坪，只剩零星的人群和漫山遍野的垃圾。就在韓崔克斯拔掉吉他導線、音樂節宣告結束的這一刻，「胡士托神話」正式誕生——Woodstock這個詞，從此永遠和一組組巨大如夢的最高級形容詞連在一起，簡直就是嬰兒潮世代最亮眼的勳章。

然而，那畢竟是在美國人家裡搬演的故事。我偶爾會想：當年現場那五十萬觀眾之中，可曾有任何一位台灣青年，也換上輕軟寬鬆的衣衫，大老遠來到紐約州的伯特利（Bethel）小鎮？他是初抵異鄉的留學生，看甚麼都新鮮熱鬧，或是去國多年的老鳥，腸胃和耳朵都已適應了彼國的口味？他會搭上別人的便車，抑或自己開車？（無論如何，他都會塞死在半途，最後只能棄車，沿十七號公路步行十幾哩到現場。）他是否也和成群的嬉皮一塊兒擠在大草坪，一面抽著隔鄰遞過來的大麻，一面傾聽遠處一列列七層樓高的音響巨塔噴薄而出的壯麗音場？他是否也在泥濘中和千萬人大聲誦念No Rain! No Rain!試圖用集體念力阻停滂沱大雨？他可曾在那兒找到了愛，找到了和平？

若把紀錄片裡萬頭攢動的畫面定格放大再放大，我們會認出那張黑髮黃膚的面孔麼？

四十年過去了，我們仍未讀到這樣的見證。對於這場我們眼中和登陸月球一樣遙遠、不可思議的盛事，你我還是只能透過老外的耳目去理解。或許民國五十八年八月，報上登過一兩則外電報導？那時電視台只有一家，我們的十六吋黑白螢幕，恐怕不大可能出現這場集體大露營的畫面。當時猶然年輕的我的長輩們，消息再靈通，大概也只能從美軍和外籍學生帶來的二手《生活》（Life）畫刊瞄到幾幅「胡士托」現場照片吧。次年春天「胡士托」實況錄音問世，卻沒幾個台灣青年有幸在第一時間恭聆美版原裝唱片。等那些元氣淋漓的歌樂輾轉刻進每張八塊五的翻版唱片溝槽，穿過唱機喇叭沛然響起，已是一九七一年之後的事了——「胡士托」的震波起碼得花上兩年，纔算正式抵達我們口中的「自由中國」。

一九七〇年三月，長達三小時的《胡士托》電影面世，拿下了奧斯卡紀錄片大獎，成爲「胡士托神話學」的基本教材。然而，這部電影格於電檢尺度，從未在台灣公開播映——或許在美國學校、美軍俱樂部之類「洋租界」，或者僅供少數圈內人的「試片間」裡，這部片子曾經大膽突圍，讓一小撮文藝青年見著了？但據我所知，整個七〇年代，我的長輩們多半只能憑幾張翻版唱片和幾幀照片去揣想胡士托。八〇年代初，家用錄放影機普及，他們終於親睹這部電影。比起西半球同代人的刻骨銘心，晚了整整十年。

民國五十八年八月，台灣人最關心的國外新聞並不是甚麼超大型美國「熱門音樂」戶外演唱會，也不是如火如荼的越戰和文革，而是金龍少棒隊在威廉波特以五A比零大敗美西代表隊，首度奪得世界少棒賽冠軍。這年九月，「盈淚歌后」姚蘇蓉在高雄「金都樂府」拗不過觀眾鼓譟，破例獻唱禁歌〈負心的人〉，卻遭抓耙仔告密，歌星證沒收，兩年不得登台。至於這年台灣傳唱最廣的歌，大概是中視開播第一齣連續劇「晶晶」哀婉的主題曲：那位小姑娘唱得太好，當年纔十六歲的鄧麗君，終於成爲家喻戶曉的名字。

在那樣的年代，「胡士托神話」，以及撐起這樁神話的搖滾樂，在我島只能是僅僅屬於少數人的祕密。而那些懂得品嘗這樁祕密的人，大約都帶著點兒類乎同人詩社或者地下黨的「邊緣感」吧？胡士托之前兩年，美國西岸嬉皮風潮大興，一九六七遂有「愛之夏」（Summer of Love）的美稱。幾個來自震央加州的美國學生到台灣遊學，也帶來一疊疊唱片，不乏連美軍電台都未必肯播的死之華（Grateful Dead）、傑佛遜飛機（Jefferson Airplane）、法蘭克扎帕（Frank Zappa）、密西西比姜赫（Mississippi John Hurt）之類精品。他們把這些珍奇唱片帶去西門町新開張的「野人咖啡室」，那一張張黑膠便是普羅米修思替我們盜來的火種：自詡前衛的文藝青年紛紛聞香而至，「野人」遂變成這些「邊緣分子」在震耳欲聾的搖滾聲中相互取暖的窩巢。

一九七〇年四月，警方宣稱在「野人」破獲毒品交易和「駭人聽聞」的同性戀「猥褻行爲」，「違反社會善良風俗」，勒令停業。那天清早，許多年輕人在報上讀到這則消息，早飯都沒心喫，立刻跨上單車衝到峨嵋街，眾人齊聚鐵門深鎖的地下室入口，愀然無語。「野人」灰飛煙滅，惟有林懷民的小說名篇《蟬》爲後人留下若干場景。掐指算來，「胡士托」的唱片應該是來不及在「野人」播放的——這樁任務大概得在後起的「艾迪亞」、「稻草人」之類場所，纔有機會完成了。

一九七五年，台大對面「稻草人」旁邊曾經有過一家「滾石餐廳」，老闆是一對姓段的兄弟。後來餐廳倒了，他們辦的同名音樂雜誌卻活了下來。這年楊弦在中山堂辦演唱會，點燃了「民歌運動」的火種。《滾石》雜誌也從善如流，加入這股在地創作風潮，刊登專文、贊助廣播、協辦演唱會，規模愈做愈大。一九八一年，段氏兄弟索性成立唱片公司。那枚從雜誌沿用下來的「ROCK」黃底黑靶標幟，就這麼烙進了幾代人的青春記憶，永遠改變了華語樂壇的歷史。「滾石」董事長段鍾沂說：他在大學時代聽了胡士托的翻版唱片，讀到相關報導，大受震動，遂決意有一天也要在台灣打造屬於我們自己的「胡士托」——證諸後來的歷史，這樁夢想算是實現了吧。

一九七〇年九月十八日，胡士托結束之後整整十三個月，吉米韓崔克斯藥物過量死在倫敦的旅館房間，時年二十八歲。彼時台灣哪怕最熱中的搖滾迷，可能都還來不及聽到他在「胡士托」電吉他獨奏的美國國歌：那三分四十三秒摧枯拉朽的尖嘯與巨響，是農神火箭奔月的燄尾，是底特律街頭暴動的硝煙，是越南叢林的燒夷彈。神人崩殂，不知他的死訊越洋傳來，可曾引起任何注目？

一九七八年「第一屆中國現代民歌全省巡迴大展紀念特刊」，
陶曉清撰稿、滾石雜誌社出版，挪用了「胡士托」海報的圖樣。

我的長輩畢竟無緣參與西半球嬰兒潮世代的「集體野放」，那樣的浪蕩未免太奢侈，只能屬於富強的上國子裔。然而從七〇年代到八〇年代，他們之中有許多人果真幹出了轟轟烈烈的大事——從他們的眼瞳，我總能依稀看見星星點點的火光，來自大洋彼岸「胡士托」餘燼猶溫的老營地。

二〇〇九

初訪坎城唱片展

一則菜鳥報告

MIDEM全名Le Marché International du Disque et de l'Édition Musicale，即「唱片暨音樂出版大展」，每年一月於法國坎城舉辦，創立於一九六七年，此間多以「坎城唱片展」稱之，是全球音樂界規模最大的年度會展，地位約略相當於出版業的法蘭克福書展、消費電子業的CeBIT大展，參與者以業界人士為主。版權交易是MIDEM的主要任務，也有座談、論壇、音樂演出等節目。MIDEM是業界人士面向全球市場的機會，也是各國展示音樂文化實力的窗口。

二〇一〇年一月，我應新聞局之邀，隨台灣代表團赴MIDEM坎城唱片展參訪。MIDEM的入場費非常貴，畢竟是以業界人士為主的會展，單一張入場證算下來將近兩萬新台幣，且不提往返歐洲的機票，還有會展期間比巴黎還昂貴的喫住行情。這些開銷，虧得政府買單，不然真可能一輩子也捨不得去開這個眼界。

主辦單位既敢收這個錢，當然也端得出好料。許多老鳥都同意，光那進場發放的厚厚一冊「MIDEM Book」就值回票價：裡面載有全世界音樂產業代表單位簡介與聯絡人清單，是闖江湖拜碼頭的究極寶典——可惜我久不在唱片圈前線作戰，臨走時打包行李嫌重，竟把它留在了旅館房間。在MIDEM現場，人人有備而來，多是兩三個月前便排定每日任務，從早到晚開不完的會，和各方客戶車輪大戰。許多人爲版權買賣、業務推廣終日奔波，連一場講演、一次音樂會都沒興致也沒力氣參加。像我這種「純觀光」的看客，實在是異類。

這年MIDEM共有七千多位業界人士報名、近八十國三千多家廠商在現場設館，還有幾百位各國記者現場採訪。參與者七成來自歐洲、兩成來自北美，亞洲人僅占六%，MIDEM展現的，自然是西半球主流唱片業的面目。據說隨著唱片業景氣每況愈下，MIDEM這幾年愈來愈冷清，老鳥說：以前會場那個熱鬧啊，連張空椅子都得眼明手快先搶先得。現在一眼望去，疏疏落落，真是情何以堪。我雖不及親睹舊日盛景，卻也多少感受到了那股蕭條之氣——倒不是人多人少的問題。翻開密密麻麻的論壇題綱，熱門主題是唱片公司如何透過網路掙錢、藝人數位行銷祕笈、智慧手機作爲音樂通路的展望、電玩產業與音樂工業的合縱聯盟、還有「如何打進中國市場」——台灣同業對這題目早有對策，但西方人需要的顯然是另一種文化、另一套戰略。

儘管大小講演會場隨時有系出名門的CEO和行銷總監夸夸而談，我心裡始終有種感覺：崩壞的唱片業還沒找到出路，暫時只能摸著石頭過河。音樂這一行早已不是娛樂工業的龍頭，MIDEM許多講演、座談，都讓我嗅出一股相互取暖、強自振作的無奈之氣。

這年，新聞局邀盧廣仲、范曉萱與一〇〇%樂團、巴奈與Message樂團代表台灣音樂人赴法「宣揚國威」。先在巴黎辦了一場小型售票演出，現場氣氛比較像「宣慰僑胞」，來的幾乎都是中港台留學生，在地觀眾不多，這也不足怪，畢竟「台灣當代流行音樂」對法國人來說，本來就是陌生遙遠的玩意。然而在MIDEM的「台灣之夜」演出就不是「宣慰僑胞」，而是硬碰硬「面對世界」了：MIDEM會展期間，天天都有看不完的演唱會，憑入場證即可通行無阻。從豪華飯店宴會廳到巷仔內小酒館，各式樂種各國樂手馬拉松唱到凌晨，全世界的音樂人莫不使出全力取悅這群最難搞的內行聽眾。節目表密密麻麻，如何吸引觀眾「走進來」已經是一大挑戰。而你若不能在一兩分鐘內給出讓他驚喜的東西，這些人往往轉身就走，趕赴下一個場地去聽別人表演。

幸好，三組台灣演出人都全力以赴，給出最精采的表演。盧廣仲流暢的吉他彈奏和趣怪的演唱風格讓現場初聽台灣搖滾的老外驚喜不已，事後紛紛打探這個年輕鬼才的來歷。巴奈與Message深黑濃鬱的台灣原住民歌謠足以狠狠鎮住全場——當白髮蒼蒼的「東海岸傳奇歌手」龍哥緩緩坐定，彈起藍調吉他的那一瞬間，滿場觀眾爆出掌聲與歡呼，回應這聲氣相通的音樂血統。范曉萱的演出張狂、性感、威猛無匹，你從底下那些洋人狂喜驚呆的眼神，便知道萱萱已把他們徹底搞定。絕大多數觀眾此前完全不知道台灣有甚麼音樂，從頭到尾連一句歌詞都聽不懂，然而他們多半留到了最後，神色滿意。那天晚上，我真以這些音樂人爲榮。

在MIDEM舉辦國家主題之夜（country showcase）得付兩萬歐元規費，加上稅金，折合台幣近百萬之譜，場地不過是三四百人的飯店小廳，配備也只有最陽春的燈光音響。他們敢開這個價，就是看準了MIDEM現場這群足以左右半個世界唱片市場風向的賓客。今年，韓國、日本也在同一個場地舉辦showcase，並在事前周邊做足準備，免費ＣＤ、傳單、新聞資料、隨侍備詢的工作人員與廠牌經紀人，都辦齊了。日韓派來的音樂人，依我淺見，充其量只是二軍水準，未必比咱們市面上的流行歌手強到哪兒去。然而兩國團隊工夫做足，音樂優劣且先不提，從舞台燈光到現場周邊細節執行，專業表現還是比我們高強得多。

韓國偶像團演出時，場館擠滿了坎城在地的青少女粉絲，尖叫瘋狂近乎失控——MIDEM所有活動都只供有入場證的來賓參加，進去之前得掃描證件上的條碼。但主辦單位優待坎城居民，人人都可以免費挑一場表演看。當地記者解釋：韓國流行樂（K-Pop）這陣子橫掃歐洲青少女市場，許多洋妹妹瘋狂「哈韓」，聲勢之猛，令人想起多年前日本動漫產品席捲西半球的風光。看著台上帥哥以極其輪轉的英文感性介紹韓國歷史，底下歡呼連連，鎂光燈閃不停，還是有點兒喫味的。既要去MIDEM爲國爭面子，就得把一切細節傾力設計到位。相較之下，台灣音樂人雖也有公部門支持，派了代表隊去露臉，氣勢畢竟見弱，整體而言，還是不免顯出些許「菜鳥氣」。

年年都有台灣廠商去MIDEM談生意，以往也從來不靠政府，各自打拚，版權買賣也頗有成績。近年，新聞局總算撥款設立「台灣館」，讓各家台灣廠商有個「基地」可以休息、上網、約客戶談生意，順便展示一些台灣音樂作品。不過，台灣館陳列的影音產品，除了參展廠商自己帶去的樣品，便是新聞局主辦的金曲獎、原創音樂大獎、創意行銷補助案得獎作品，流行、搖滾、古典、跨界、傳統歌謠……通通混在一塊兒。偶有洋人好奇問起，許多人一聽到pop、rock就棄之不顧，反倒《八部傳說·布農》這樣在地特質強烈的作品，得到最多青睞。

我想，若真要針對海外市場推銷台灣音樂，顯然不能光以內需市場的品味或是公部門獎掖的音樂類型去忖度洋人的口味，若能再規劃得細膩一些，效果應該會更好吧。

順道一提，洋人幾乎都會驚歎地問一句：「你們台灣的CD設計都這麼漂亮嗎？」我則答以：「不一定，通常獨立廠牌的設計纔會這麼漂亮，你看到的這些漂亮專輯，在台灣很多人都不大熟……。」

所謂「音樂國力」，絕非與國民生產毛額成正比。比方這屆MIDEM適逢蕭邦兩百歲生日，會場懸空掛著波蘭館設計的巨幅蕭邦肖像，每個樂迷看到，都會對這偉大的音樂國度凜然生出敬畏之情。本屆每人進場獲贈的MIDEM公事包，都繡著南非觀光文化部的LOGO，開幕之夜便是由南非主辦，派來演出的音樂人不乏傳奇巨擘，那是最風光的國家品牌行銷。參加MIDEM最有趣的，就是接觸平常完全陌生的異地音樂。各國展館製作的精選CD，設計各有巧思，既能看出「音樂國力」的氣勢高下，也可順便看出各國政府文化部門到底誰比較有sense。

離開MIDEM前一天深夜，坎城卡爾頓飯店的宴會廳，我總算在這「全球最大音樂同行聚會現場」毫無預期地被狠狠震了一通。這晚的節目是「希基洛克

Chilean Flavor
MACEDONIA
midem
MusicWeek
PRESENTS...
South African Music
JAZZ WORLD
SCHLAGER VOLKSTÜMLICHE MUSIK
KLASSIK ZEITGENÖSSISCHE E-MUSIK
ALTERNATIVE ELECTRONIC
POP ROCK
music BOX 09
Orange
Contemporary Czech Pop

（Siggi Loch）五十週年致敬之夜」，洛克是德國傳奇經紀人、唱片製作人，一九六〇年入行，一九八九年創辦爵士廠牌ACT，今年甫獲瑞典國王封爵。這天晚上，他和夫人就坐在觀眾席第一排正中央。

一位胸前掛著薩克斯風的白髮老者領著樂隊上台，全場歡聲雷動，我茫然不知其人何方神聖，亦不知該期待甚麼。樂聲揚起，像浪像風像夢延綿不絕，溫柔而橫暴，每一波湧上來都比前一波更令人恍惚——後來我纔知道，那領隊老者，是德國爵士巨擘克勞斯多丁格（Klaus Doldinger）。這一夜，他找回一九七一年的元老團員，重組傳奇樂團「護照」（Passport）的經典陣容，向當年讓他們揚名樂壇的製作人致敬。

接著，ACT廠牌精銳盡出，樂手輪流上陣，從極芭樂甜美的標準曲老歌新唱，一路玩到古怪曠放的free jazz和前衛音樂，最後眾人即興（jamming。難以言喻的音樂在我面前噴薄而出，完美的樂手，完美的場地，完美的音響（同去的樂手老師最想知道他們究竟怎樣讓木貝斯的現場收音如此渾厚細膩），還有完美的觀眾——全世界口味最刁鑽、耳朵最挑剔的唱片人，眼睛發亮，一言不發，豎耳傾聽。當場我便知道，這個行業之博大，高深，遼遠，實在超出我貧弱的經驗太多太多……。

這趟去MIDEM，拿了很多免費贈品，見識了很多高科技產品，聽了幾場探討未來趨勢的講座，看了不少花花綠綠的表演。然而，在這最後一夜，遠遠望著白髮蒼蒼的洛克先生，聽著舞台上陌生的爵士樂手玩著世界級的音樂，那面對「世界之大」只能敬畏俯首的無力感，纔算清晰落實下來。世界真的很大——這趟坎城之旅，讓我重新咀嚼這句貌似廢話的真理，或許是個人最最寶貴的收穫。

二〇一〇

星巴克唱片公司

台灣人對咖啡的講究，自有悠久歷史。平心而論，星巴克的咖啡擺在咱們這兒，單就口味論之，未必占得了甚麼便宜。不過，若是考察「店內音樂」這一項，星巴克便算是「狠角色」了。他們放的歌，從主題到選曲皆頗有見地，基調清新而不輕佻，內力深厚卻不炫耀。莫說此間諸多連鎖餐飲店絕無對手，就算把那些手藝精湛的個體戶咖啡店也算進來，堪與匹敵者仍是少數。

星巴克店裡放的音樂，品類兼容並蓄，涵括大部分的古今主流：草根藍調、靈魂、民謠、輕搖滾、鄉草歌謠、經典爵士、抒情老歌、世界音樂……惟獨繞開了重搖滾、金屬、電音、嘻哈這些「侵略性」比較明顯的樂種（它們另有適於播放的場地）。這種音樂，在美國電台的播歌分類裡，大致是歸在「成人專輯另類曲目」（Adult Album Alternative，簡稱AAA）門下：這個名詞和行之有年的

「成人當代金曲」（Adult Contemporary）相對，後者是主流中的主流，在自視較高的樂迷耳中，往往不免流於俗濫。AAA的曲子，則介乎「另類」與「主流」之間，取材自獨立廠牌、非主流樂手和非專輯主打歌的比例更高，樂風版圖也更廣。AAA訴求的對象，是年歲稍長，品味穩重，在乎「氣質」的樂迷。他們既不打算裝年輕聽艾薇兒（Avril Lavigne）和「黑眼豆豆」（Black Eyed Peas），也受不了購物商場裡千篇一律的布萊恩亞當斯（Bryan Adams）和席琳狄翁（Celine Dion）。對一個中等程度的樂迷而言，標榜AAA風格的電台曲目，很可能有一半的歌壓根沒聽過，卻都氣質相類，聽起來舒服，學問彷彿也不小。

全球一萬八千多家星巴克的店內音樂，都是由美國總公司「直營」，定期換檔，指定播放，走的正是AAA路線。播出內容不僅店員、店長無權置喙，連各國總代理商都沒有插手的餘地。且看全球星巴克之一律禁菸，據云是不讓菸味「污染」了店裡的咖啡香。很顯然，店裡放的音樂，就跟咖啡的氣味一樣，是必須嚴格控管、不容「污染」的「環境成分」。這可不是一樁輕鬆的工程：試想，要從「中央廚房」設計出一套同時適合全球五大洲四十四個國家同時播放的歌單，你得同時擁有多麼精密準確而又兼容並蓄的音樂品味？

星巴克是有史以來第一個敢把「咖啡店音樂」發展成「超級大生意」的企

業。打從第一家連鎖店開張，老闆就很清楚他要推銷的絕不只是那杯咖啡，還包括「咖啡」作爲文化符號，讓小布爾喬亞們「自我感覺良好」的有形無形一切相關產品——你不需要多麼犀利的商業頭腦，也能想到「咖啡店音樂」是頗具潛力的題材，問題是可行的「商業模式」：他們必須想出一套有別於傳統音樂產業的收益模型。

一九九九年，當時星巴克在全世界「只有」兩千五百家連鎖店，剛剛坐穩「全美第一咖啡零售商」的位置，便已經在盤算這門生意。他們拿出一百萬美金，買下了舊金山的小唱片公司「聽見音樂」（Hear Music），這家公司專擅與大公司合作，製作主題式選輯ＣＤ，主打特殊通路的利基市場。星巴克和「聽見音樂」合作，陸續推出許多專供店內販售的合輯。這些歌曲在幾千家分店強打播送，許多人邊喝咖啡邊納悶店裡放的甚麼歌這麼贊，聽說店裡有賣，二話不說就買下去了。這些合輯都是「舊瓶新酒」的企劃商品：他們取得經典錄音的唱片公司授權，依樂風或主題安排曲目、編纂選輯，許多是五、六〇年代的老錄音，重新設計包裝之後，頗得都會中產客群青睞。

星巴克的分店一路擴張，亦即販售這些特殊商品的通路端點也愈來愈多。一旦有萬餘分店加持，音樂產品線遂也可以玩得更大膽一些。二〇〇四年，「聽見音樂」和爵士樂老廠牌「協和唱片」（Concord Records）合作推出靈魂樂老將雷查爾斯（Ray Charles）的專輯《真情夥伴》（Genius Loves Company），是「聽見音樂」旗下第一張脫離「舊瓶新酒」模式的「原創專輯」。當時誰也不知道這竟成爲雷查爾斯生前最後一張作品。它在次年一傢伙拿下了八座葛萊美獎，在景氣每況愈下的唱片市場，這張專輯創下五百五十萬張的銷售紀錄，其中竟有四分之一的初期營業額來自星巴克店頭直營販售，遙遙領先任何一家傳統唱片通路。

二〇〇七年，「聽見音樂」的下一樁投資，再度震撼娛樂圈：他們說服保羅麥卡尼（Paul McCartney）離開四十幾年的老東家ＥＭＩ，簽下了「聽見音樂」發行全新創作專輯的合約。《記憶滿載》（Memory Almost Full）獲得三項葛萊美獎提名，賣出逾百萬張，打破了Sir Paul十年來的市場紀錄，麥卡尼龍心大悅，後來又和「聽見音樂」合作了一張迷你專輯（ＥＰ）和一套現場實況影音專輯。

這年，他們還另外簽下兩位重量級藝人的發行授權，分別是「嬰兒潮世代」的天王天后詹姆斯泰勒（James Taylor）和瓊妮米契兒（Joni Mitchell）。瓊妮米契兒「重出江湖」的消息尤其令人激動：她老人家早已宣稱對唱片圈心灰意冷，決定永遠退出樂壇，專心回家作畫去也。就在歌迷的眼淚都哭乾的時候，「聽見音樂」說服她出版九年來首張創作專輯《閃耀》（Shine）。唱片問世以來，只聽到全球樂評人輪番起立鼓掌，老中青樂迷痛哭流涕。瓊妮阿姨爲甚麼願意改變主意、重回歌壇？據說首先是世局之壞讓她忍無可忍、不吐不快，非得寫幾首新歌抒發一下。其次是「聽見音樂」獨特的通路和行銷企劃，讓她可以不用重新「醬」進那個她厭恨至極的娛樂圈，而能用比較自在的方式面對「出唱片」這件事。經此一役，「聽見音樂」已經註定要留下傲人的傳奇。

如何在咖啡店現場引進多元化的買賣方式，讓客人願意付錢買下更多和咖啡未必有關的東西？星巴克不是沒有栽過跟斗：二〇〇四年，他們在美國四十五間分店推出「音樂小站」（Music Kiosk），讓客人可以在店裡試聽、燒錄音樂CD。不幸的是，彼時MP3隨身聽早已取代CD成爲樂迷聽歌的主要介面。「音樂小站」乏人問津，兩年後悄悄喊停。不過他們記取教訓，先是在二〇〇六年和蘋果電腦的iTunes線上音樂商店合作推出「星巴克專區」，次年又在美國幾個指標性都會區推出全新的下載服務：客人若在店裡聽到喜歡的歌，只消拿出筆記電腦、iPod Touch或iPhone，便能透過店裡的無線網路連到iTunes線上商店，直接下載你聽到的歌，還包括剛剛播過的十首曲目。可不是，這樣的玩法纔叫酷嘛。只是不知要等到哪一年，台灣纔能跟進？

星巴克打造「聽見音樂」這家新興廠牌的故事，原本有機會載入史冊，成爲

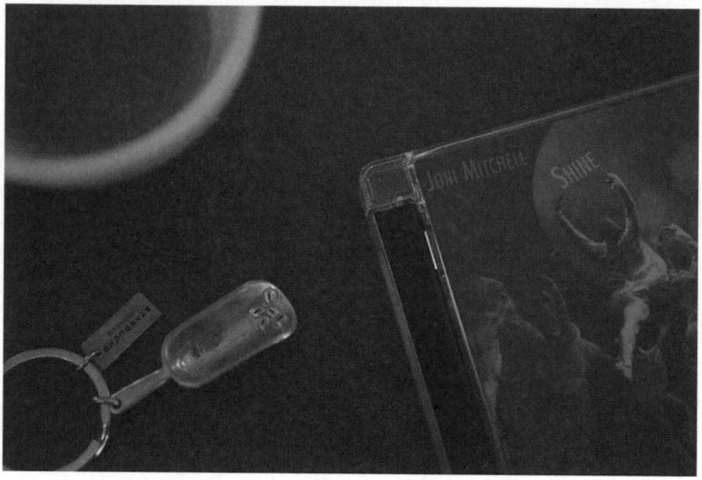
Joni Mitchell
Shine

音樂工業經營模式的全新典範。很可惜，後來的情節急轉直下，現實畢竟是殘酷的：二〇〇八年，金融風暴席捲全球，星巴克集團被迫終止持續十幾年的擴張展店策略，短短兩年間關閉了近千家門市，遣散一萬八千多名員工，同時大幅減縮「非核心業務」，高投資、高風險的唱片業務首當其衝。二〇〇八年七月，「聽見音樂」宣布結束營運，僅保留廠牌名稱，實際運作全面歸與合作集團「協和唱片」。這場「咖啡店開唱片公司」的實驗，終於告一段落。

在唱片工業的舊結構搖搖欲墜的時代，星巴克大膽抓住了幾個重點：「咖啡店即實體通路」、「開發自有原生產品」、「精準掌握主流顧客品味」、「深耕分眾市場」、「找對異業結盟夥伴」。他們依照這些原則砸下去的錢，顯然比大多數音樂圈的競爭品牌都更能命中要害。當然，星巴克有得是「把遊戲玩大」的雄厚本錢，末了也不得不因應時勢，忍痛縮手。然而看看他們「做對了」的這幾件事，假如你對「文化創意產業」念茲在茲，星巴克的壯舉，還是頗能激發若干靈感的。

二〇〇八，二〇一〇補完

輯三——

驀然回首

我所記得的太平島

我分明記得這樣的畫面：月光灑落的深夜，巨大的龍蝦們首尾相銜，熒熒發著燐光，在雪白的珊瑚礁上成行成列地走動。

然而仔細一想，我從來沒有目睹那樣的景象，那是島上一位士官長跟我講的釣魚故事。時間久了，聽來的跟看到的都攪和在一起，真幻難辨了。

無所謂，反正那趟遠行，在回憶中也像孤懸的一場夢。

一九九五年春天（應該是春天吧，晴朗而尚不燥熱的南台灣），我在左營軍報社當文書兵，還有兩個月就要退伍。業務清閒，偶爾替軍報寫幾篇填版面的文章，賺幾百塊零用錢。中校社長是一位老好人，看我能寫，便問我要不要去一趟南沙太平島，以特派記者的身分拍拍照片，回來寫篇特稿，順便還可以投「國軍文藝金像獎」呢。

軍報社向來是只有軍官纔有掛記者證的資格，我一個大頭兵居然占到這種便宜，那是社長特別看得起我了。若非當兵，這輩子恐怕也不會有機會踏上南沙，而且還能坐軍艦，豈有不去之理？

出發前，報社湯少尉臨時替我惡補了基礎攝影須知，我揹著一大包攝影器材上了船。太平島是台灣領土最南端，離本島足足一千六百公里（等於台灣島全長的四倍），軍艦得全速開上三天三夜纔到得了。

坐軍艦一點兒都不好玩，儘管我的待遇已經比照「軍官級」，艙鋪仍極窄仄，整個航程多半悶在艙裡，不見天日。然而幾次上甲板透氣，東張西望，海景仍是記得的。那是我畢生第一次遠離陸地，第一次知道「外海」是甚麼樣。天空之晴遠，海水之深藍，一切都跟書裡寫的一樣，但又比書裡寫的更斬釘截鐵。

正獃看著，有人喊「倒垃圾了」。未幾，艦尾的白浪裡出現鼓鼓囊囊的塑膠袋、保麗龍碗、免洗筷、空罐空瓶……它們載浮載沉、連成一線，在碧藍的海面上漸行漸遠。

坐了三四天的軍艦，上岸之後，身體竟不願適應陸地，連著兩三天都覺得腳底晃晃悠悠，太平島成了一艘載著綠林和房舍的巨大舢板。

我們在島上待了快要一星期吧？南太平洋烈陽酷炙，官兵終日赤膊，個個黧黑發亮。我也入境隨俗，赤膊曬了幾天，彷彿是比原來黑了一點兒。但和當地官兵站在一起，他們黑得賽皮蛋，我仍白得像豆腐。

那趟軍艦載了各色人馬，各有任務：除了一干長官上岸巡視，還有一位南洋史學者和一位海洋生物學家來做田野勘查。氣象局帶了一堆高科技器材過來施工，工程似乎很麻煩，於是泊岸時間比平日的補給船多出好幾天，這也算是我的運氣。

海洋生物學家的目標是綠蠵龜。他每天熬夜拿著手電筒巡沙灘，指望能遇到上岸產卵的海龜，然而時運不濟，只找到一個產過卵的沙坑舊跡。島上的士官說，以前他們都拿海龜蛋泡酒喝，現在是保育類了，抓到偷蛋要關禁閉，「龜蛋酒」遂告絕跡。（然而我記憶中分明有滿滿一玻璃罐泡在酒裡，乒乓球大小的海龜蛋。或者那是左營哪位長官的陳年珍藏？）

我跟著海洋生物學家去巡沙灘，仍然沒有遇到海龜。那夜滿月，海水漲潮，岸上的「沙」全是雪白的珊瑚礁碎末，晾在月光裡，滿目銀白。走到開闊處，風聲漸息，卻聽見四面八方細碎的叩響。定睛一看，是密密麻麻幾千幾萬隻寄居蟹，一律被月光染成了銀色，從海裡往岸上爬。牠們趁著夜涼，揹著各色各樣的貝殼，拖著小小的影子攀越礁岩、橫過沙灘，消失在陸地上。貝殼彼此叩擊，細聲連成一片，綿長不絕。

南洋史學者很期待能在太平島挖出甚麼文物，替這塊地方的人類活動紀錄往前推個幾百年。他在幾個可疑處下鏟，果真發現一些「文物」，可惜並非南島族先民的遺跡，而是一九五〇年代留下的垃圾堆：酒瓶、菸盒和空罐頭，還有一撮撮的花生殼兒和瓜子殼兒。

韓戰初歇的年代，老兵下了哨，和哥們兒蹲在地上吸菸喝酒嗑瓜子，或許一邊望著海，一邊想著遙遠的城鎮，想著家裡的女人吧。

沒挖到古董，南洋史學者倒也夷然，索性坐在牆根上，開起歷史講堂。他指著屁股底下的牆根說：這是三〇年代日本人蓋的房子地基。每個轉角都是一絲不苟的九十度，光從這就能看出他們的民族性，到了天涯海角來開礦，蓋房子還是一點不馬虎。

開礦？這鬼地方能有甚麼礦？「磷礦啊。海鳥在珊瑚礁上拉屎，幾千幾萬年下來，結成厚厚一層鳥糞石，值錢的哩！現在沒有了，那些年挖得太兇，等於整個島刨掉一層。當年日本人的碼頭，現在只剩下橋墩，從岸邊伸出去五百多公尺，你們有空去看看，也是蓋得很講究的。」

碼頭遺跡我是看過的。橋墩像是一道道拱門，從沙灘筆直通到遙遠的海中

央，用尺描都未必能對得那麼準。

南洋史學者接著說：一九四六年國民黨派軍艦來接收，島上人去樓空。宿舍牆壁上寫著字，仔細讀過，發現是前一年駐島採礦的日本人的悲憤遺言。南沙實在太遠，日本戰敗的消息遲了十幾天纔送到。他們聞訊，書壁明志，然後自殺。

那真是孤絕的人生終點。南洋酷熱，屍身難以北運返鄉，或者便埋在島上？我曾看到無款無字的碑，會是殉國日人的墳麼？那水泥做的碑，年代似不甚古，島上駐軍已經沒有人知道它的出身，卻仍不敢怠慢，祭著罐頭燒著香。

或許，日本人也曾怔怔望著殘敗的碼頭遺跡，幻想穿過這道海上門廊，便能回到戰前的時光吧？

島上的墳不只一處：一座合葬的碑，刻著若干名姓，是多年前登陸艇意外沉沒的紀念。屍身當時就送回老家，這裡留的是衣冠冢。看看刻的年分，多是二十來歲的大孩子。墓碑臨海，椰影搖曳，鳥群掠過水面，和雲朵一齊在淺灘投下倒影。眼前曾經的慘烈故事，像一首古老模糊的歌。

回程的軍艦上，我在艙鋪安頓好，從包裡摸出層層包裹的紀念品：一只小蟹蛻下的殼，完完整整，有螯有腳有眼。殼極薄，布滿紅色波浪花紋，放在手心輕若無物。我端詳這鬼斧神工的精品，心裡明白這輩子是不會再回去了。

我的特稿登在了軍報上，照片還算像樣，湯上尉的行前惡補總算管用。熬夜改寫的遊記拿去投稿，得了第二名。頒獎那天我已退伍，正在歐洲晃盪，是父親替我領的獎。越洋電話裡，父親說那天軍方以爲沒人會來，找了個兵別上我的名牌到會場待命代打，結果父親在後台撞見了自己的冒牌兒子。

我在陰冷多雨的倫敦街頭向公用電話餵著銅板，父親在話筒那頭笑著。眼前浮現白花花的晴空和水色，那是記憶中烈陽在網膜烙下的殘影。

既在那樣的年紀，曬過那樣的太陽，看過那樣的海，往後所見的一切，便不免相形斑駁了。

二〇〇八

歸鄉，離鄉

便當

每個人彷彿都該要有一些連接著火車和故鄉的，刻骨銘心的記憶。比如兒時如何讓大人牽著抱著，擠進車站年節返鄉的人潮。總有長輩守在遙遠的城鎮等著。比如許多人津津樂道的糖廠小火車，孩子們追著夕照下滿載的台車，撿拾落下的甘蔗，蹲在田壟啃將起來。及長憶往，那火車，那甜味，便是「故鄉」。又比如小說電影常見的場景：少年人初次離家遠行，在月台與故舊話別，火車汽笛拉開「成年時代」的序幕……。

這些經驗，我都沒有。我是土生土長的台北孩子，若要回母親的娘家，不過是從和平東路直直來到和平西路。小時候去外公家，都是招輛計程車，十分鐘就到了。爸媽工作忙，總有加班晚歸沒法兒做飯的時候。我便帶著弟弟上街招車，到外公家喫飽了晚餐，順便裝好我和弟弟第二天的便當帶回家——那個年頭，即使在五光十色的台北，也從沒有人想過小朋友自己搭計程車有甚麼好擔心的。長年在外公家幫傭的阿利婆，從外婆那兒學會了蘇州菜的手藝，再結合北方菜和台菜的精神靈活變化，燒出來的家常菜，比甚麼館子都好喫。

我和弟弟已經打著飽嗝了。阿利婆拿出我們帶去的便當盒，盛滿飯菜，綁好鐵牌，用餐巾細細包好，裝進塑膠袋——她往往還會專為我們的便當炒一兩樣菜，免得我們喫得重複膩味。事實上，這真是不必要的擔心，就算隔天的午餐和前日的晚餐一模一樣，我們仍會喫得一乾二淨的。然而我們更樂於有新菜可嘗，從不曾對此表達異議。

回到家裡，便當仍然燙手，得在飯桌上擱一擱，纔能放進冰箱。阿利婆的便當，總是讓我和弟弟第二天的午餐時間，變成一天之中最期待的高潮。

阿利婆的瓜仔肉、珍珠丸子、紅糟雞、獅子頭、三色蛋，冒著熱氣藏在便當盒裡，一趟一趟跟著我們，從和平西路回到和平東路。我和弟弟坐在計程車後座，默然望著窗外的流光，那是早已看熟了的街景。有時候，我會回頭看看羅斯福路口那幢高樓頂層變幻閃爍的霓虹燈廣告，隨著車行漸遠而愈縮愈小。信不信由你：那時候，站在復興南路和平東路口，朝西望去，仍可遙遙望見羅斯福路口那片高聳的霓虹燈——至少在我的記憶中，那遙遠的一點豔紅閃爍，始終清清楚楚。

那當然不是現在那棟二十六層光鮮氣派的「大都市國際中心」，而是它斜對面那幢如今看來其貌不揚的十多層大樓。當年，那可是附近海拔最高、最神氣的建物，搶盡了稍遠處「明星戲院」的鋒頭。樓頂那片霓虹，廣告的是樓裡一間極時新的「玻璃烤肉」餐廳，一種把食材放在透明玻璃板上炙烤的新花樣。爸媽曾經帶我們去嘗鮮，味道早忘了，只記得肉片擺在玻璃上烤得吱吱響的模樣。

「玻璃烤肉」後來不再流行，苦撐一陣終於倒閉，霓虹燈換成了電器廠牌的廣告，附近也陸續蓋起更高更光鮮的新樓。最後一次和爸媽去那邊的餐館，蕭條破落已經難以遮掩，泛著潮潮的霉味和蟑螂屎的臭味。老實說，我們都更願意回外公家喫阿利婆燒的菜。

外婆過世之後，我們依然常常去外公家搭伙。回家路上，坐在計程車後座，懷裡揣著的依然是阿利婆熱騰騰的便當。我和弟弟回頭望著愈來愈熱鬧的和平東路，馬路北側的老房子拆得七零八落，新店舖層層亮起招牌燈箱，遮蔽了遠方曾經搶眼的那塊廣告霓虹燈。

那便是我的鄉愁之路，纏繞著記憶中魂縈夢繫的味道。沒有逢年過節千山萬水纔能返還的遙遠故鄉，沒有一路顛簸的火車和客運車，沒有窗外變幻的山景海景，只是這樣坐一段十分鐘的計程車，從和平東路到和平西路。

銀河鐵道與我的流浪之夢

十來歲的時候，貪看各色各樣日本漫畫書，最令我沉迷的是松本零士的大河長篇漫畫《銀河鐵道999》（一九七七）。這套漫畫靈感源自作家宮沢賢治的名篇《銀河鐵道之夜》（一九三四），似乎也受到《小王子》（一九四三）的若干啟發。《銀河鐵道999》充滿了夢幻的場景、張力十足的情節，加上了松本最拿手的軍事、科幻元素，和《宇宙戰艦大和號》（一九七四）並列爲他的兩大名作。

故事是這樣的：少年「鐵郎」與神祕美女「梅特爾」，一齊搭上前往仙女座星雲的銀河特快列車999號（那長長一列在星系間凌空穿梭的火車，是二十世紀初的蒸汽火車模樣，在宇宙的真空中，車頭仍然騰騰吐著白煙）。據說只要抵達終點站，凡胎肉身的人類便可以無償換取人造身體，長生不老。列車停靠的每一站，都是一顆奇特的星。有個星球全數居民都是乞丐，專門洗劫過路的外星旅客。有個星球上的居民早已滅絕，然而廢墟中的戰車仍然會自動感測、互相轟炸直到末日。有個星球住著一位鬚髮覆滿整間房屋的作家，正在創作全宇宙篇幅最長的小說，已經寫了十幾億張稿紙……。

漫畫裡，999號列車從地球出發，直到抵達終點，總共造訪了一百多顆星星。松本零士用這樣的體裁，講了一百多則寓言，直到故事最終的大高潮。

當年翻印《銀河鐵道999》的台灣出版社，不知道爲甚麼沒把整套出齊，我讀到的最後一格畫面，是男主角鐵郎從列車窗戶遠遠望見終點站仙女座大星雲。至於到站之後發生了甚麼事，故事裡埋藏的許多謎題又是怎樣揭露最終的真相，我竟等到十幾年後纔總算補完——但那好像也不打緊，《銀河鐵道999》原本就是一部「過程遠比結果重要」的故事。

神祕的美女梅特爾總是提著旅行箱，一襲黑色滾毛邊的兩件式罩裙，長長的睫毛，長長的金髮，獨自站在極高極荒涼的地方凝望遠方的星河。梅特爾的手提箱裡藏著天大的祕密，旅程中凡是忍不住窺看箱中物的人，最後都自殺了。梅特爾槍法極好，卻常想起悲傷的往事而默默落淚。她的身世和旅行的動機，都是難解的謎（我因爲一直沒讀到完結篇，而習慣了謎樣的狀態，多年來甚至一點都不想探索真相）。這些故事和角色實在太令我著迷，松本零士遂成爲我最崇拜的藝術家。我開始臨摹《銀河鐵道999》的人物，在作業簿和課本角落畫了好多個梅特爾，還自製了幾幀海報，張掛在房間牆上。

然後我更進一步，模仿《銀河鐵道999》的人物，開始編造自己的人物和故事：在遠方的另一個世界，也許是外星，也許是未來，有一位金髮長長如瀑布傾瀉的女子，一身牛仔裝扮，戴著一頂彈痕累累的寬檐帽，提著一只皮箱，腰間掛著兩支槍，在荒涼的城鎮之間流浪——那是蒼莽的亂世，她的家人很早就被神祕的組織殺害，女孩在那場屠戮中額頭被劈了一刀，卻僥倖未死。於是女孩苦練一手好槍法，成爲江湖上人人聞風喪膽的殺手，她的化名是克莉雅。沒有人見過克莉雅的真面目，她低低戴著的寬檐帽，遮蔽了大半個臉孔，也遮住了額頭上那道猙獰的疤痕。

克莉雅滿心要報仇，可是不管她怎樣鍥而不捨，都始終追不到殺害家人的元兇。會不會那個舊日的邪惡組織，如今已經不存在了？或者，真正的仇人，早已不在人世？克莉雅漂泊的旅途上，不時出手搭救蒙難的弱者，懲罰犯法的惡徒，但她永遠都不快樂。她的故事，便在徒勞尋索的歷程裡，跟隨著火車的軌跡，一站一站寫下。

大概有兩三年，我經常在腦海中爲克莉雅的故事添油加醋：我覺得她應該不會坐特快車，而是那種每站都停的慢車，這樣她纔能一鄉一鎮地踏勘、尋人。我從未想過讓她開一輛車，或者像個真正的牛仔那樣跨上一匹駿馬。在那個荒涼的世界，若想持續向遠方移動，只有火車。

十二歲的我，只想得出這樣蹩腳的設定，誰都知道這是看多了電視播放的西部片，再和《銀河鐵道999》的角色攪和在一塊兒的結果。而且，我甚至從未替她想出哪怕只是一則完整的短篇故事。我太在意細節了：她的那頂寬檐帽爲甚麼布滿彈孔（那是她母親遇難那天戴的帽子）？她腰際掛的是光線槍還是左輪槍（我希望這故事能夠發生在未來武器和西部小鎮互不扞格的世界）？她隨身的手提箱裝著甚麼重要的東西（我該如何憑空製造一些沉重而世故的祕密）？

我替克莉雅畫了很多張宣傳畫，就像連載小說的插圖，只是從來都沒有小說正文。其中一張是她的背影，右手提著箱子，長髮隨風揚起，那頂帽子被風掀開，吹到了半空，腳下的鐵軌筆直延伸，直到天邊。

那幾年，我常想像她在烈陽酷炙的正午沿著月台走出簡陋的車站，所有的物事都被曝曬得失焦褪色，只賸下一片耀目的白。站前是一個小小的廣場，四周的柱子殘留著撕毀的告示，大風呼嘯，四下無人。她應當要望見甚麼，讓她願意在這個城鎮勾留得久一些。

然而我始終沒能想出來。以我的年紀和經驗，據以想像的材料實在太少，經營不出甚麼悲壯或詩意的情節，於是，克莉雅便一直佇立在那小小的廣場了。

那個正午時分陽光曝曬的無人小車站，始終都是我私心渴望造訪的所在。那片小小的廣場，或許便是象徵我自己意識底層的甚麼吧。只是後來我真的長大了，很久很久沒再想起克莉雅。當我不再想起她，或許也同時把若干屬於兒時的意識一併拋卻了。

多年後，考上大學等著上成功嶺那段時間，百無聊賴之餘，一度想要帶著筆記簿和素描簿，去台北車站買一張月台票，跳上隨便哪一班慢車，在隨便哪一個從未聽過的城鎮下車，閒晃，寫生，或者坐在樹下寫點東西。或許，我還可以用很少的錢在外鎮寄宿，畢竟長那麼大了，我仍從未獨自浪遊，在外過夜。

然而，我不知道自己想去哪裡，想看甚麼，想跟誰說話，期待眼前展開怎樣的風景。最後，我還是哪裡都沒去。我慢慢想起一些自己編造的遙遠城鎮，我最想造訪的，仍是兒時想像中那座荒寂的吹著大風的小鎮。

我知道，彼時任何一班列車，都沒辦法把我送上正確的流浪之路。

每個人都期待誤點的列車及其回程

所有的乘客，都希望這班車誤點，最好永遠不要來。即使來了，也希望它開得愈慢愈好，最好永遠不要抵達終點——第一次坐上這樣的列車，是剛考上大學，要上成功嶺受訓的那天。

記得是陽光極毒辣的盛夏早晨，高中時代的哥們兒約了一起到車站會合，幾個他們相熟的女孩也來送行，反正閒著也是閒著。一個半月的暑訓說長不長，然而我們剛剛脫離聯考的噩夢，準備大步跨進海闊天空的生活，這場即將到來的操練，彷彿是橫在面前的最後一道障礙，讓人心浮氣躁。我們開著玩笑吸著菸，裝出堅強的大人模樣，然而到了集合時間，必須分別向各自的隊伍報到，我們彼此道別，臉上都遮不住心裡的忐忑。

六個星期倏忽即過。從成功嶺結訓回家的那班車，就是完全另一回事了。那時，全新落成的台北車站剛剛啟用，我們這批返鄉的新生，可能是率先體驗「鐵路地下化」的頭幾批乘客。車過萬華，列車轟轟滑進地底隧道，孩子們醒悟家門已經不遠。不知道誰先開的頭，唱起了那首軍歌：

國旗在飛揚，聲威豪壯
我們在成功嶺上！
鐵的紀律使我們，鍛鍊成鋼……

歌聲很快傳染開來，從第一節到最後一節車箱，上千個一頭短毛的大學新生，全數加入大合唱，愈唱愈大聲，愈唱愈開心。這首在受訓期間反覆播送、每個人都被迫唱到胃痛的歌，此刻竟浸滿了歡快的情緒，背叛了這首歌代表的一切集體規訓與國族教條，化身為自由與解脫的象徵。

車到台北，緩緩停在月台。大家鼓掌歡呼，像是恭喜自己重返人間，也像互相嘉許剛剛唱的那一嗓子感覺真不賴，更像和那首軍歌象徵的一切，鄭重訣別。

老屋窗口那面國旗

外公那間和平西路的老宅原是公家地產，外公過世之後房子繳還，當局亦無暇處理，十幾年荒廢無人，日本時代的木頭房子，早成了半倒的廢墟。鄰居們有的整棟房子拆了，圍出停車場收費養地等改建，有的已經起了電梯華廈，索價極昂。惟獨外公家，依舊靜靜荒廢在原地。

二〇一〇年十月，牯嶺街七十八號的外公老家。院子豎起掛廣告的鷹架，老屋頹圮，已成廢墟。這裡便是我母親長大的地方。

一次經過，不禁好奇，從門縫踮腳張望。屋頂已經塌了一大半，長滿了草。兒時曾經的另一個家，現在看來侷促、寒磣得不可置信。壓花玻璃窗後依稀可以辨認兒時熟悉的窗簾花色，只是顏色都褪淡了。竟還有一面國旗，邊邊角角都破成了毛邊，同樣褪了顏色，靜靜張掛在玻璃窗後。

小時候，外公會在日曆上標著「本日應張燈結綵懸掛國旗」的節日，從儲藏間拿出一面國旗，套上幾乎和我一樣高的旗桿，兩端固定好繩結，然後讓我舉著旗，裝到門口的桿座上。那年頭家家戶戶門口都有這麼一個桿座，斜斜固定在洗石子的門柱上。每逢偉人誕辰、光復節、國慶日，便會插上國旗，表示舉世同慶。

然而，廢墟裡那面旗，便是小時候外公讓我拿出來張掛的那一面麼？又是誰這麼費事，把它掛在已然頹圮的老家窗口？據說無人的外公家曾一度變成無業浪人聚臥的所在，後來纔被管區驅散，大門也掛上更堅固的鎖，封起這片廢墟。會是那些浪蕩的無業者，從傾頹的瓦礫中掏出了這面褪色的旗麼？

仍是便當

那天去台中辦事，一切結束，叫了計程車，準備搭高鐵回台北。車到半途，忽然想念起許久以前喫過的味道，於是請司機彎到第二市場，到「李海」老攤子買兩份擱了大塊焢肉、油亮噴香的滷肉飯。想到家裡的妻看到這「千里送便當，禮輕情意重」的驚喜，應當會記功一次，不禁暗自得意，於是諂媚地對老闆說：「我欲帶轉去台北呷啦！」

老闆很酷，甚麼也沒說。我一路拎著兩盒便當，越過千山萬水回到台北家裡，飯菜還是熱的。喫著這頓「高鐵快遞」的晚餐，不禁想起我和弟弟揣在懷裡的阿利婆的便當——那真是很久、很久以前的事了。

二〇〇八

香菸

我喜歡香菸的形象，卻無法忍受它的氣味，尤其當它是從別人的鼻孔裡噴洩出來的時候。尤其討厭的是離開煙霧充溢的密室之後衣褲髮間乃至背包配件必然沾染上的那股餘味，那是把菸的優雅與透明徹底剝除之後餘下最不堪最等而下之的渣滓之味，一股令人對文明感到沮喪的氣味。即使把衣褲通通扔進洗衣機並努力搓澡洗頭你仍會在拉開背包拉鍊的時候猝不及防被裡面窩養的冰冷穢氣當面就是一掌。講到這裡或許有人會皺眉說，做你的朋友真可憐都不能吸菸現在吸菸的人已經很可憐到處被驅趕簡直像誰說的像喪家之犬了。你誤會了。在眾人都吸菸的場所我往往也無所謂，有時候且特意穿一領不甚心愛的衣衫準備讓它沾染上那等而下之的氣味而不使我心疼。我從不抗議同桌的菸客，當我無法繼續忍受的時候就搶過他們的菸和打火機自顧自吸將起來就像那句老話說的，不能打敗他們那就加入他們吧。不過這樣做的後果便是隨著近日輪流與各色嗜菸者同桌我吸的菸也愈來愈多。順便洋菸土菸烈菸淡菸都吸過了，彷彿公賣局的試吸員。唉寫到這裡恍若又嗅到了那股令人憂悒的氣味。何以這樣輕盈美麗的物件卻有這樣不堪的餘味呢，簡直跟一場過度的性愛沒有兩樣。天底下沒有物事是完美的，香菸與性，都是如此。

二〇〇二

DINERS
et
SOUPERS
à
Choucroute
jambon
ou saucisse

一代不如一代

老聽人說現在學生國文程度爛到谷底又不讀書啦，新兵比我們那時候涼得多簡直嬌生慣養啦，剛出社會的年輕人都喫不得苦不像以前那樣謙虛啦，玩音樂的都不練基本功只知道買名牌樂器搞排場啦……對這類沒完沒了的抱怨，我漸漸也有了自己的想法。

其實早在孔子那時候，他老人家就感歎過一代不如一代了：「古之狂也肆，今之狂也蕩。古之矜也廉，今之矜也忿戾。古之愚也直，今之愚也詐而已矣。」——可不是嘛！

老實說，我聽現在十幾歲年輕人瘋魔的音樂，和自己家裡的老搖滾一比，偶爾也要生出「惡鄭聲之亂雅樂」的浩歎。然而，時代還是得往前走，只是永遠不會照著前行者的願望。每一代都有自己的焦慮和痛苦，硬要把這種焦慮和痛苦轉嫁到新世代去，證諸往例，註定是毫無用處只能討罵的。

搞得出經典作品、肯喫苦做大事、或是能發前人未有之創見的人，永遠都是極少數，不管在哪個世代都一樣。每個世代愛讀書的人都不多，肯喫苦的人也不多，夠聰明的就更少了。然而這類人也永遠不會死絕，就這麼一小撮人，能做出或許五十年後仍然被記得的東西。至於其他那絕大多數的，就這麼「遁入歷史的洪流」了。以前如此，未來料想也是這樣。

當然，前世代那個文化養成的整體環境，已經永遠地消滅了，世界就是這樣。至於是否要當個帶有遺老氣的懷舊分子，終究還是純屬個人的私事。焦慮固然無所不在，但想到這一層，多少也比較願意與它和平共處了。

二〇〇二

恨意

我有個朋友論及討厭的人，便會咬牙切齒地說，那人爲甚麼不趕快自己去路邊死掉算了，然後恨恨從鼻孔噴出一股煙。我常羨慕伊可以那樣義無反顧斬釘截鐵地瞧不起一個人。偶爾我企圖學習伊的口吻，擺出鄙薄神色臧否某人，吐出幾粒聲韻鏗鏘的髒字，再討過一支菸吸將起來，於是也彷彿有了幾分孤忿不得志的神氣，但同時又十分心虛，因爲我並不真那樣忿恨。往往是不願顯得溫吞軟弱，纔在熟人面前挺起胸膛說些狠話。事後且對那些被臧否了的隱隱懷有愧意，彷彿欺凌了無力還手的弱勢者。

或許是命太好，從小到大沒喫過甚麼苦頭，沒甚麼機會培養委屈甚至悲忿的情緒，一方面也是懶——討厭一個人是相當耗電的事情，不適合懶惰的人。此外，更恐怕得罪別人，而不願意把心裡的疙瘩張揚出去。久而久之，便習慣於隱忍和遺忘了。鞋裡硌腳的小石子，忍著不管它，走著走著也就沒了感覺。長此以往，靈魂漸漸磨出粗皮厚繭，記性愈來愈壞，待人處事也愈來愈沒有原則。偶爾憶起從前彷彿受過一樁甚麼委屈，停步一想，卻茫然不知脾氣該對誰發。最後賸下的，祇有苦笑而已。

曾經豪壯地說，願自己永遠不要變成二十歲時候痛恨的那種人。如今仔細回想，實在記不得二十歲時候到底痛恨過甚麼人了。我一向是怯懦的，連認認真真恨一個人的勇氣都沒有。如今，竟連自己是不是值得昔日之我痛恨一番，都無從查考了。

二〇〇二

眉批

忘了從甚麼時候開始，已經不大敢在書上畫線寫字了。即使遇到極喜歡的段落，也就是默默記住，並不在那上面圈圈點點。

以前並不是這樣的。小時候翻看爸爸的書，密密麻麻畫著線（有直線也有彎彎線），頁緣行間爬滿了蠅頭小字，乃覺得若不如此，就不算真的把書看進去了。於是也拿著筆，在自己的小人書上畫來畫去。等到稍微長大一點，為了揣摩心目中「讀書人」的架式，不免繼續在書頁正經八百地寫字畫線，並且自我感覺良好。這種行為，有點兒像帶兵打仗，非要在雪白的紙頁留下一槓槓、一行行，纔算是占領了這片領地。另一方面，也跟農場主人在豬牛身上打烙鐵的心態差不多。

但是畫過線寫過眉批的書，不久也就忘光了。船過水無痕，日後重讀，望著當年字跡拙醜、口氣倒相當放肆的眉批，還有「力透紙背」的圈線，不禁愕然：當初為甚麼要特別圈出這一句？這一段為甚麼用了彎彎線？這是甚麼鬼心得？我在書頁上看到了以前的自己，扠腰瞪眼擋在路中央，跟現在的自己過不去。

於是覺悟：在雪白的書頁上胡亂圈點，簡直像是輕薄了一位姑娘。每條槓槓、每行不懂裝懂的眉批，都是犯錯的證據。我先是改用鉛筆畫線寫眉批，下筆也變得輕飄飄地，給自己留條退路，心虛得很。畫了幾本，愈來愈覺得這樣或許還是在跟未來的自己過不去，索性不畫了。該記得的就是會記得，不然再怎麼畫也是枉然。

時至今日，我也沒有真的拿起哪本書，把鉛筆線擦掉重畫過。懶當然是原因，此外，還是有點捨不得的。畢竟那個鹵莽的攔路少年，關起門來想想，也不無可愛之處。

所以我架子上的書，翻開來，大致都是乾淨的，校對錯字是例外——凡是看到白字、漏字、誤排之類不能都怪到「手民」頭上的毛病，就像鞋子踩進了碎石頭，無論如何都要倒出來。不過當然，改錯字用的仍然是鉛筆，給未來的自己留個台階下吧。

二〇〇二

時代氣味

有些東西照理說該要一直在那兒的，卻一夕之間通通消失了，從此只能往老照片和老電影的背景裡找尋。例如鐵條噴上白漆彎成U字形、交叉織成的安全島圍籬，例如話筒長得像啞鈴的芥末綠撥盤式電話，例如紙蓋封口覆以玻璃紙還鑲著一圈拉繩的牛奶瓶，例如手工彩繪一片片拼起來的電影看板。

偶爾看有線電視重播七〇年代「三廳式」瓊瑤電影，咖啡廳桌上必然有一只雕紋瘦腰的白色小花瓶，插一朵紅玫瑰，「不正經男配角」與「嚴厲的中年企業家父親」皆戴橢圓漸層墨鏡。鏡頭帶到外景，空曠的大馬路人車稀少，計程車尚有紅白藍黑各色塗裝，長得像火柴盒，慢吞吞開過來掠過去，那比秦祥林的大翻領襯衫和林鳳嬌的兩抹腮紅更使人發思古之幽情。

然而身在其中的人不會知道這些。懷舊、鄉愁云云，是必須拉開一段距離纔

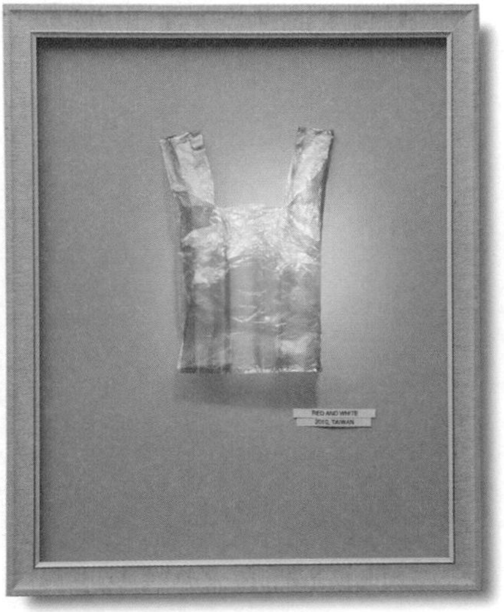
RED AND WHITE
2010, TAIWAN

會出現的。距離一旦遠了，平凡猥瑣的生活細節，反倒蘊含豐沛飽滿的集體記憶。有些現在視而不見、甚至惹人嫌惡的東西，過幾年回頭看來，也會變成「時代氣味」的載體。

比方包盛生鮮的「紫灰相間寬條紋的塑膠袋」——更常見的是紅白相間的版本，小說家朱天文筆下「醜中之醜，惡中之惡」的物事，也算台灣特產。走遍世界，皆不見塑膠袋有此形制。或許等它真的絕跡了，就會變成世紀初的懷舊紀念品亦未可知，等著瞧吧。

二〇〇二

影印機與我

一部好的影印機，總令我心喜悅。

八〇年代末編高中校刊，影印機尚遠不如現在普及。我們總是把原稿裝進大信封塞進書包，騎十分鐘腳踏車到「全錄」專門店去印。那是一座安靜巨大的高科技中心，各色機器矗立在落地玻璃窗斜射進來的陽光之中，無一不龐大、無一不神祕。你把原稿交給店員，一切由他操作，你等待機器吐出來的結果，就像把自己的胸部X光底片交給大夫去沖洗。好的影印機墨色濃黑、碳粉均勻、細節清晰——那些機器總是沒有讓我們失望，印出來的圖片都很健康。

上了大學，興趣不改，還是在編刊物。校園附近有許多承印學生刊物的印刷公司，但只有一家叫「大量」的公司提供編輯室，擺著最先進的影印機，以及彼時仍極價昂的麥金塔電腦，慷慨開放學生自己玩。那架數位式影印機是老闆的鎮店之寶，畫質極好，還能印出反白、過網、拉長壓扁、左右反向等效果，簡直是編輯的夢中情人。我極愛那台影印機，經常跟它徹夜廝混，幻想以後要是有錢，也要買一部放在家裡玩——那心情，大概跟某些人幻想要買一輛頂級跑車差不多。

不過，許多學生粗手粗腳玩壞昂貴的機器，還有人把整台麥金塔趁夜偷搬回家，害老闆損失慘重。幾年之後「大量」宣布歇業，據云多少也與此有關。聽到它歇業的消息，我的第一個念頭就是：那部影印機不知流落何方？

那年頭，好幾位朋友都在「大量」打過工，編輯室裡社團同學來來去去，學長學妹一起熬夜貼完稿，在影印機和麥金塔電腦之間，不免醞釀出種種愛情傳說。不過，那都是另外的故事了。

二〇〇二

不可無尺

我向來不是自律嚴謹的人，卻對尺有莫名的依戀。

小時候，鉛筆盒裡總會有一支十五公分米達尺，文具店賣五塊，塑膠質料很差，用指甲一剝就可以拆成兩層，刻度當然也不甚準。我們常常拿這種尺切橡皮擦玩，它最後的下場不是在美勞課被刀片劃壞，就是被當成劍俠的武器劈來砍去，終於砍斷爲止——有的米達尺會附上墨藍色的塑膠套，那當然就是現成的劍鞘了。

我經常在放學的路上彎進一間小文具店，細細研究各種尺。除了米達尺和三角板，世界上還有更多更多令人垂涎的尺。例如有些製圖尺，一大片尺面上挖出了大大小小的圓孔，有的尺還挖著各種奇怪形狀的洞，不禁讓我想到烤動物雞蛋糕的模子。有一種專門畫平行線的尺，鑲著一筒滾輪，像極了壓路機。還有一把尺竟然是軟的，可以拗成歪來扭去的蛇形，我一直沒搞懂它是幹嘛用的。

那些奇形怪狀的製圖尺都不便宜，然而我還是積攢了好一陣子的零用錢，買了一把「雲狀尺」。那把尺全由曲線構成，美得像漢墓殉葬的玉器。但我完全不知道該怎麼用它，只能珍而重之地藏在鉛筆盒夾層，偶爾拿出來愛現給其他小朋友看。不過沒有人對這種東西感興趣，那把美麗的尺，就一直寂寞著了。

長大之後學編刊物，在輸出中心編輯室遇見許多血統高貴的好尺，目爲之眩。心癢之餘，終於到和平東路的美術用品社請回一大一小兩把好尺。塑膠質地堅硬剔透，尺緣鑲著金屬條，再也不怕割壞。尺面密密麻麻打著四方格和量角線，豎著斜著用都方便，極是趁手。偶爾抄起這兩把尺，埋頭切切劃劃，想起劍聖宮本武藏的「二刀流」，不也是一長一短兩把刀嗎，遂油然生出俠客的豪情了。

二〇〇三

透明的版型

關於「書該長甚麼樣子」這件事情，我自承是保守派。原本我堅信，放眼現代中文出版品，論及文字書，早些年鉛字印就的「洪範文學叢書」版型是不可能超越的。然而最近看到《現代散文選續編》，版型謙沖從容、清澈見底，不禁歎服——到了電腦排版的時代，還是只有洪範能超越洪範。這是我心目中真正「透明」的版型，大音希聲，大象無形，非積多年功力不能致此。

「文字書」是相對於「圖文書」而說的，尤其指的是文學書。這類書的版型，愈簡單愈好。紙則模造道林，米黃或象牙白。字體則不出明黑楷三款，頂多略綴仿宋，如此四款足矣。天地——頁緣上下留白處——要寬，這是魯迅遺訓，至今仍通。頁頁重複的裝飾用小圖小畫，絕對禁止。書名頁、章名頁、篇名頁都以乾淨留白爲宜，切忌濫用襯底圖或古怪字體——手寫手繪例外。圖版最好印在不反光的紙上，銅版紙俗麗，盡量少用。字間行間頁碼頁眉乃至開本裝幀，樣樣都是學問，然而這些工夫，最終要創造的，應該是一個「透明」的情境。

甚麼是「透明」？好的音響應該是「透明」的，讓你只聽到音樂，忘了音響的存在。好的書寫可以是「透明」的，一路讀進去，氣都喘不過來，哪裡有空理會聲韻節奏意象布局這些枝節。好的版型，也應該是「透明」的，不擋眼，讓你就這麼一腦袋栽到書裡去。

鉛字印刷時代，文學書版型大多乾淨，編輯和排版師傅對於「一本書該長甚麼樣子」總有八九不離十的共識。後來電腦排版大興，編輯這行「技術下放」，用不完的字體和花招落到躍躍欲試的孩子們手上，帶來了中文編輯史最慘重的災難，編輯乃至讀者的品味也隨之江河日下。喧譁炫耀的東西看多了，習以爲常，見到透明的版型，反倒要嫌它「沒設計」了，嗚呼哀哉。

二〇〇二

字體的脾氣

古遠的從前，視窗系統還沒普及的時候，「細明」、「標楷」之類名詞算是相當偏門的，大概只有編輯和印刷師傅知道它們是甚麼玩意。誰能想像得到，如今每個人的硬碟裡都灌滿幾十種字體，高中生交個報告都可以把版面弄得花里胡哨，以爲可以從老師那兒多騙點分數。

其實，字體跟版型一樣，都以「透明」爲佳。只有最偷懶的美編纔會隨便撒一把「卡漫體」、「少女字」、「海報豆豆體」，然後自認「有設計」。

單單「明黑楷」三種基本字體，就足夠支應絕大多數平面設計的需求了。明體是「透明度」最高的字體，怎麼用大概都不會錯，任你拉長打扁推斜，馴良得很。相較之下，黑體脾氣大些，有點故做嚴肅，一副「事情大條了」的表情。黑體瘦下去，就是線體。香港的時尚刊物很喜歡這種字體，大把大把地用，所以每

次見到線體，都覺得它在講廣東話。楷體是貌似溫吞實則不甚合群的傢伙，只跟明體合得來。但若放大作標題或者設計封面，往往別有氣魄，彷彿中學教員忽然升任教育部長。

明黑楷之外，還有個圓體，磨掉了黑體的稜角，又比明體醒目，報紙標題常用。不過我一直覺得圓體缺乏靈氣，肥肥笨笨的，很沒人緣的樣子。仿宋也是可以偶爾一用的，這種性格鮮明的字體，只宜獨立作標題或頁眉頁尾小字，下手一重，難免貶值。電腦的仿宋仍嫌膩滑，還是鉛字印刷最好看。古時候的「聚珍仿宋」姑且不提，單看以前「洪範叢書」篇名頁，刀法剔透的長仿宋靜靜臥在紙頁中央，漂亮極了，連字模拼版的邊框印痕都很有氣質。那種「手工感」，如今是一去不返了。

二〇〇二

不一定要銅版紙

翻看二十世紀前半的老畫冊，彩色圖版往往另外印在一方銅版紙上，浮貼到內頁空白處，可見其珍罕。時至今日，銅版紙仍是貴重的紙，價格和份量都比模造、道林高出一截。作編輯的想到「精印」，往往「除卻銅版不是紙」，日積月累，成爲慣例。出版界的「大書」，講究排場的幾乎都是銅版紙，良有以也。

紙要是用得太薄，會透油墨。用得太厚，書就重得墜手了。銅版紙密度高，小小一本就沉得不得了。老外稱大本精印的銅版紙畫冊叫「咖啡桌書」，確實有理，在我們這兒或可改稱爲「茶几書」。銅版紙印的精裝書，好幾斤重，只宜擺在茶几上展讀，要是豎在肚皮上躺著看，怕要壓出腸胃炎。

銅版紙印的旅遊指南最要人命，多年前出國玩，隨身帶著英國ＤＫ出版社的導遊書，小小一冊，比照相機還重。很想別帶了，偏偏ＤＫ的街道圖獨冠全球，不能不用，只好把書末地圖連著書背切下來。後來索性把整本書按章節裁成小本，配合行程挑著帶，好好的書被切得七零八碎，實在糟蹋。

印圖片不一定非要用銅版紙，會反光的特銅尤其討人厭，容易沾指紋，常常還有股怪味道。其實，只要油墨調得好，便宜的模造紙一樣可以把圖片印得很漂亮。若是用帶點兒象牙、米黃顏色的紙，印得好的時候，色彩銳利鮮豔，卻絕不刺眼。近幾年日本人喜歡這麼印，此間編輯有樣學樣，印出來的圖卻糊糊爛爛，於是怪罪台灣印刷技術不良、土產紙張質地不佳，都是冤枉。台灣的印刷技術絕對可以印出不輸給日本甚至義大利的好東西，而且不一定要名牌大廠，問題是很少有人拿那樣的高標準去要求印刷師傅，當然能省則省，墨上得不夠，圖就糊了。編輯還是不能怕髒怕吵，得到印刷廠去走一走的。

二〇〇二

版型不等於內容

這些年頗流行花里胡哨的版型，其中一派喜歡把文字縮小堆在一起，圖片局部放大到難以辨認的程度，框線欄線滿紙亂走。這種風格的始作俑者是一本叫《雷射槍》（Ray Gun）的美國流行音樂雜誌，它的首席美編大衛卡森（David Carson）在九〇年代儼然晉身紅牌設計大師，徒子徒孫不可勝數。

所有搞設計的看到《雷射槍》都大呼過癮。然而，幾乎沒有人記得這本雜誌的任何一篇文章——卡森在《雷射槍》撒開來實驗「亂針繡」風格的編排，無論文章內容如何，它們全都在層層疊疊的欄框、邊線、圖版和千奇百怪的字型之中滅頂了。在《雷射槍》撰稿的寫手，恐怕是同行之中最窩囊的。沒有人是爲了讀文章而買這本雜誌，沒有人在乎誰寫了甚麼。

卡森掀起的「任性美編」風潮吹到東半球，於是我們在愈來愈多的中文出版品裡看到《雷射槍》殘落的痕跡：字體要嘛大得像街招，要嘛小得像泡麵杯蓋上的防腐劑標示。框線東扯西拉，電腦濾鏡效果惟恐用得不夠，碎裂的圖片與忽大忽小的文字橫七豎八堆到一塊兒，像名牌洋裝撕爛了掛在鐵絲網。這種編排，不消說，讀起來磕磕絆絆，累殺人也。

當文字內容變成僅僅是「視覺元素之一」的時候，讀者就得準備「欣賞平面藝術」而不是「讀一本書」了。只有少數美編會願意壓抑「揮灑才氣」的本能，後退兩步，把主角讓給「真正的內容」，做出「透明的版型」。然而，有一個任性的卡森已經很夠了——他的「作品」可以當成設計學院的教材，卻委屈了讀文章的人。編輯得意，讀者受罪，不該有這種道理。

卡森總共在《雷射槍》做了三年首席美編。他離職之後，《雷射槍》編排變得比較規矩，讀者纔恍然發現它實在沒甚麼像樣文章。沒了版型就沒了內容，《雷射槍》遂愈來愈乏人問津了——我想，這故事是相當值得參考的。

二〇〇二

所謂出去玩

那天朋友問我：「你都不出去玩的嗎？」我回道：「甚麼叫『出去玩』？」朋友頓時語塞，怔然瞪大了眼睛說：「就是……出去……玩哪！」我想了想，上星期六去公館剪頭髮順便去佐丹奴買折扣棉衫，晚餐在東南亞戲院旁邊喫了甜不辣，這樣算不算「出去玩」？朋友只給了我一個白眼。

一位我素不熟的可敬長輩，每次見到我，總會喟歎台北之無聊之不好玩，並且順帶提起他當年負笈美利堅所見種種上國風情。直到現在我都還是不懂為甚麼這位長輩一見到我就立即想起台北之不好玩，難道我的模樣濃縮著城市的無趣，還是我天生長得像是該「促進城市『好玩度』」的那款人種？

事實上我極不愛出門，每逢放假經常窩在家裡死睡。悠然醒轉，天色昏暗，往往不知是黎明抑或薄暮，伸手抓鐘一看，乃覺該喫飯了，這纔翻身下床。喫飯前從架上抽一本書，右手持箸左手翻頁，同時注意不讓油湯骨屑濺到書上。喫飽便懶在椅子上看電視，一路怔怔看到諸節目都循環重播了一輪，纔爬回床上繼續睡——如此度假，「城市好玩度」與我何干？

當然並不是就此閉門絕戶了。偶爾還是會跑去pub看表演，但那真的就跟去國家劇院的意思一樣，完全不是「混pub」那麼回事——「混pub」需要體力和興致，兩者我都不再擁有。首先菸味就已經無法忍受，其次在外面超過一定的時間沒回家就會累——倒不是睏，累比睏還更狼狽些。瞇著被菸霧薰得刺痛的眼睛，看到比自己年輕一整世代的男女穿著理直氣壯的衣飾、用理直氣壯的姿態調笑飲酒吸菸，心裡不再是十幾歲時候的悵惘豔羨，而是看畫看電視一樣的感覺了。然後乃驚覺天啊，這不是中年人的狀態嗎。

不過偶爾有這麼一點點裝模作樣的焦慮，表示畢竟還不真到那個歲數，現在姑且只能算是不上不下吧。

二〇〇三

三十年之後

三十年之後，我們皆已泛生白髮，穿著時新質料的衣衫，但仍得忍受島嶼冬季溼冷的天候。當那個年輕人來找我們，你我翻看這陣拍攝的相片，將會微笑歎息，並且憶起世紀初一些古老的往事。那是半個地球還隔著十幾個小時的年代啊。

會有一個十年後便該出生的大學生，不屑於彼時淺薄花俏的風尚，反倒對世紀初的古老氣味興致盎然，他將前來探訪。我將找出老照片展示與他，讓他看到我在世紀初使用的筆記電腦，一套笨重的原始機具。年輕人將打開他從圖書館下載的資料，詢問我們當初是怎麼一回事，爲甚麼我們可以在那樣一個匱乏的時代，以那樣簡陋的工具做出這些。他也將提起幾個已經被彼時的青年徹底遺忘的名字，有的拍片，有的導戲，有的寫小說，有的編電子報……。

於是我將憶起上個世紀末，當我們自己都還是大學生的時候，也曾經這樣叨擾過一位崇敬的前輩。我們從背包裡掏出舊書攤蒐羅的泛黃焦脆的同人刊物，殷切詢問著完全同樣的問題。兩鬢飛霜的前輩並沒有如我們預期講出甚麼「大敘述」，反倒露出好奇的眼神，專心翻閱起我們掏出來的舊書，喃喃地說，啊，多少年沒有看到了，我自己都沒有留了呢。

我們也將對那個年輕人展示的舊資料露出相同的好奇。啊，他們竟然連三十年前的網站內容都留著嗎，真是懷念，那時候畢竟年輕啊。我將告訴他，那個世界的步調未若現時急切，人心也不似現時澆薄，年輕人勇於嘗試犯錯的時候，總有許多人樂意伸出援手。我們做那些事情的時候，心裡並沒有想太多，就是這樣高高興興地做下去了，並且覺得很過癮。

當年那位崇敬的前輩，對於我們提問的許多舊事，細節已經不復記憶，當時，他大約也是這麼說的罷。

二〇〇二

髮色

將近三十的時候，第一次發現白頭髮。也就那麼一根，長在不起眼的地方。拔下來反覆賞玩，捨不得丟，彷彿重逢青春期身體的種種尷尬，很有些悲壯的意思。然而也實在沒有甚麼，就是年紀到了嘛。每要拿來說嘴，都會想到高一那年的同班同學。那人從高雄上台北讀書，木訥老實，總在苦讀數學，一副比玻璃瓶底還厚的近視眼鏡，滿頭夾灰雜白的短髮，不知道是不是用腦過度的副作用——那時我們纔十六歲呀。你都兩倍的歲數了，有甚麼好講的。然而還是偷偷有點兒興奮，好像苦熬多年纔終於領到「大人世界」的通行證似的。

拔掉生平第一根白髮之後，它們沉寂了一段時間。然後彷彿約好了一樣，集中在一兩個月裡，這邊那邊冒出來。未必有故事裡說的心情憂煩、一夜白頭之類裝模作樣的理由，就是時候到了，老化的機制被喚醒、開始作用，人生邁入「倒數計時」的階段了。

每天坐電梯上班，都會對著電梯裡的鏡子看看今天是不是又添了幾條白髮。電梯的頂燈最能把白頭髮照得一清二楚。每次瞧準了想拔，手指剛摸索到那根亮閃閃的白髮，電梯就到站了，於是終究沒有拔成。

每次這樣，都會想起小時候讀過的故事：某甲與妻妾同住，妻年長而髮白，妾年少而髮黑。某甲本人黑裡雜白，一半一半。每共寢，妻輒拔其黑髮而留白髮，妾則反之，越數月，而某甲頂禿矣。

於是每次拔自己的白頭髮都有點兒遲疑——遲早白髮會多過黑髮，何必呢。真想不開的話，乾脆染了吧。但也只是想想，終究沒有染。頂著一頭「原色」，漸漸竟成爲稀有動物。

我的朋友，無論男女，這幾年紛紛染起頭髮，原本是白髮還是黑髮都無所謂了。這股流行從日本傳來，橫掃東亞，本來染髮劑好像是上了年紀的人買來「遮老」用的，現在卻變成青年人的必需品了——這麼說也不對，因爲很多上了年紀的人也開始把頭髮染成時興的古銅、粉紅、淡紫，以示「青春之心不死」。骨子裡同樣是「遮老」，看起來卻更理直氣壯些。

遙想青春時代，除了極少數先鋒敢於在西門町街頭模仿東京原宿「竹子族」

把頭髮弄成一簇簇高聳的紅綠尖刺（間接模仿英國龐克搖滾乃至新浪漫派樂團造型），尋常年輕人是不染髮的，就連長髮男子也尚不多見——長髮男子後來多起來，變得不希罕，現在又少了。倒有不少男子把頭髮剃得極短、或者乾脆理光以顯酷，可見時尚循環，終究會回到原點。那陣時新的花樣，不外乎燙捲或者上髮蠟。八〇年代末，台灣高中男生解除了數十年來一律剃平頭的「髮禁」，腦袋瓜子初初解放，最時髦的髮型是中分，兩側抓出足可戳到眼角的髮尾，恰如彼時剛出道的郭富城。抹上「浪子膏」（瞧這名稱，多麼俗艷乖張的八〇風情），對鏡捏了又捏，精心設計出「看似不經意的幾綹亂髮」，再把書包帶子收短，斜斜挾在胳肢窩底下。坐公車上學時裝出一臉酷，偷偷期待同車的鄰校女生會多看你一眼。

你看街邊騎樓下面，斜坐在機車上等人的那個愣小子，三不五時歪頭湊到後照鏡去檢查自己的髮尾，然後怡然四顧，那德行，豈不恍然似曾相識？時代當然不一樣了，期待被多看一眼的心情，倒是不會變的。

二〇〇四

躲避球

我小學時經常犯氣喘，不然就是支氣管炎，一天到晚掛病號，體育課常常代替值日生留守在教室看書。說真的，我從來沒有羨慕過在外面跑跳戲耍的同學，寧可貪圖獨享整間教室的特權。打從一開始，我就未嘗從體育課得到任何成就感，那個長髮蓋住後領，總一副猥瑣神色的體育老師，也從來沒有給我一句鼓勵、一個好臉色。

孩子們是最殘酷的，他們並不介意用難聽的詞彙取笑我的病弱。在同學眼裡，我講起話來老氣橫秋，不甚合群，又很受老師寵愛，惟有在體育課，我是永遠墊底的最後一名。跑不快，跳不高，連毽子都踢不好。

故我從小就討厭躲避球。在那樣暴力高張的對決之中，我既沒有除掉對方的鬥志，也沒有躲避攻擊的技術。而敵人永遠能一眼認出首先該除掉的弱殘之輩，如我。

所以我總在躲避球開戰的時候，早早志願踱到外場，名義上是要幫助己方多砸幾個敵人，其實根本是遠遠躲開，事不關己。

T跟我一樣，總是還沒開戰就踱到外場來，他是我最好的朋友。小學時代的體育課，經常就是我跟T在躲避球外場靠著鐵絲網，天南地北聊天。偶爾他會試圖用念力改變球的走向——他說他每天都在家裡練氣功和超能力，不過好像功力不夠，效果不大。

許多夢想，都是在躲避球外場角落編織出來的。比方要當漫畫家，要寫出讓所有大人讚歎的小說，要讓自己變得很厲害很厲害。不過在那樣的年紀，對未來實在缺乏想像的材料，所以多半還是在交換剛看完的漫畫故事情節，品評班上誰最討厭、誰喜歡哪個女生、誰跟誰明明在一起又怕被大家知道、誰聽說不知道為甚麼有兩個媽媽，諸如此類。

寫到這，想起另一件課室裡發生的事。

有個孩子，不知道被誰激了一句甚麼，當場拿出超級小刀割腕。他並不知道靜脈在手腕內側，卻向手背根部一刀劃下，傷口不深，然而見血了。老師大驚失色送他去保健室，那孩子包紮回來之後，「割腕割錯邊」又成為同學的笑柄，他氣得再度拿出超級小刀，打算正確再割一次，當場被老師搶下。老師帶他到教室外面好言相勸了好久，然後護送他回家去了。我們都看到老師臉上的恐懼，卻不能體會這樣的蠢事爲何值得大人這樣緊張。

記得和T靠著鐵絲網談起這樁意外，我們自覺聰明、高人一等地評論過這件事，然後開心地笑彎了腰。孩子們真是最殘酷的。

大多數孩子都是熱愛躲避球的。技術好的球員能攻能閃，即使己方球員人數見弱，仍能發揮戰力擊斃敵方大將，拉平比數，甚至反敗爲勝。有個同學，平常在班上帶點反骨，個性倔強，不爲老師所喜，但體育成績永遠名列前茅。我記得他踢毽子破了全年級的紀錄，躲避球場上更是令對手望風披靡的悍將。不單攻擊既狠又準，躲球尤其出神入化。

有一次我隊已經快被「剃光頭」，球員一個接一個被砸出場，最後終於只剩他一人留在內場。敵方還有好幾個球員，加上外場環伺的對手，簡直是在槍林彈雨之中躲著一發又一發的炸射，他矯健地旋身、跳躍、截球還擊，身姿完美，像最頂尖的足球明星。我方被砸出場的同學無能爲力，只有齊聲吶喊替他加油。最後，他終於不敵強悍的火網，被敵方外場一顆近身球擊殺陣亡。然而，他仍是大家心目中的烈士英雄。

這麼多年了，我仍記得他凌空而起，雙腿高高劈開，神情無比專注的模樣。

這同學就住我家對面，畢業多年都沒連絡，再度相認，我們都三十歲了。這位當年讓老師頭痛的躲避球大將，長大之後也選擇了一項與眾不同的工作：他組了一個搖滾樂團，並且以此維生。他喜歡在演唱的高潮時刻從舞台一躍而下，讓觀眾接住他的身體，引燃滿場驚詫的歡呼。大家叫他「夾子小應」，你應該也見過他的。

二〇〇二

忠孝仁愛信義和平

在乎不在乎

約翰藍儂說過這麼一段話：

我又想當叛逆青年，又需要別人愛我，於是我變成了藝術家——不過就像他們常說的：讚美永遠都不夠，小小的批評卻總能擊中你的要害……。

他講的是創作這回事——再怎麼才氣橫溢、我行我素，依舊無法假裝不在乎別人的目光。

我父親則說：「被自己在乎的人在乎，不容易啊。」建立自信，用自己的方式肯定自己，不假外求，是多麼艱難。你或許可以忘卻廉價的讚美和同儕的冷嘲，或許可以不計較一時得失。但有幾個人能無視敬仰長輩垂望的眼神，拋棄寂寘先知的光環，抵擋青史留名的誘惑？

況且，所謂「毀譽不計」、「得失寸心知」、「雖千萬人吾往矣」，多半還是退無可退的時候，拿來壯膽的格言。有時候我們擺出謙恭的表情，妄自菲薄，搶先示弱，不讓別人有傷害自己的機會。有時候我們選擇虛無的姿態，假裝不在乎，用冷漠與輕蔑掩飾心底的恐慌，但那些終究都是逃避。焦慮是難癒的痼疾，一旦上身，惟得道之人方能解脫。

這裡的關鍵字是甚麼呢？大概是藍儂口中的「愛」吧。然而真正的「愛」是極其難得的——崇拜、欽羨、同情、妒忌，這些都不是愛，然而它們往往偽裝成愛的模樣。當你站上舞台，它們排山倒海而來，適足以餵養體內那匹不知饜飽的惡獸。

我素景仰的詩人對我說：「我是需要讚美的……但是我必須忘掉我的讀者纔能創作。假如我想起他們之中的任何一張臉孔，我就會不由自主地爲那張臉而寫……。」作品不可能捨棄群眾而獨立存在，然而群眾之中必然隱藏著那張不祥的臉孔——是的，那是每個站上舞台的演員都必須面對的誘惑。那是最毒的毒藥，是絕難破解的咒詛，是望不見底的深淵。

二〇〇三

驀然回首

十七歲那年，倏然發現懵懂的童年已經被拋在背後，乃覺得自己開了竅。那年我加入校刊社，足足請了八百堂公假，在那間破敗的社辦學會做完稿、罵髒話、吸菸，以及用抽象的語彙論辯一些既搞不懂又不能不爲之血脈賁張的主題——詩、革命與反叛、時代精神、還有生命的意義。我們剛開始長毛、冒青春痘，每具身體都壓著一座活火山。有人十七歲那年和三十歲女子同居終至放棄了大學聯考（彼時三十歲聽起來多麼世故遙遠不可置信），有人默默結束了自己的性命（彼時我們沒有人知道甚麼是憂鬱症），也有人爲了追尋甚麼而離家出走（他的父母由教官陪著到學校徒勞翻看他的抽屜尋找線索。十幾年後我們偶遇，他已經在大企業落腳，完全是成功人士的模樣了）。

那時我們把寫作看得多麼重要。我們虔敬熱情寫詩寫散文寫小說還寫高中課程改良芻議，翻看崇拜的前人作品計算他們的歲數然後緊一口氣算算自己還有多少時間。那時我們都相信自己會這樣寫下去寫下去，愈寫愈逼近生命的核心，終於能替時代的靈魂造像，替這塊島嶼留下值得背誦的篇章。我們信仰文字，使用「寫作」這個動詞毫不臉紅，不像如今即使還在寫也只敢忸怩自稱「寫手」或「文字工作者」而萬萬不願僭稱「作家」。

後來，就像你所料到的，每個人的生命都陸續冒出更應該優先處理的題目：勞保單，固定或不固定的伴侶，有價證券，房屋貸款，代議政治，亞美利加。曾經相信的那種永遠不能遺忘的深刻情感，終究還是被遺忘了。時移事往，當我的文字終於刊載在十七歲那年只敢遙遙仰望的版面上，世界和我都已經改變。或許最悲傷的部分是在夢想成真那一刻你纔發現自己對它早就不在意，並且發現它的實相其實跟生命中諸多猥瑣細節毫無分別。而在此之後，你再也無夢可作了。

二〇〇三

附錄

地下鄉愁來信

問：父母給你帶來了怎樣的影響？

答：從小，家裡始終充滿書本和音樂，父母往來的朋友也不乏藝文圈若干最精采的人物。父母親提供了大量「長見識、開眼界」的材料，卻不太引導甚至暗示孩子該走哪條路。回想起來，父母親是用近乎「野放」的精神教育我們兄弟。我們自己體會甚麼是比較好的品味，自己培養欣賞和閱讀的習慣，學習跟尊敬的人應對，看他們招呼晚輩和有求於你的人……。我們可能是這樣纔慢慢明白「教養」的意思。

問：在你的成長過程中，一直伴隨著一種孤獨和疏離，這是搖滾樂帶來的麼？

答：我不過是個資質中等的孩子，成長過程既不特別寂寞，也不特別熱鬧。「孤獨和疏離」的狀態在自己想像中很高貴，實際倒沒有能夠活成那樣。搖滾誠然是青春期重要的寄託，但即使沒聽搖滾，這樣的心理狀態大概還是會來的。那出口，於我恰巧是搖滾，於別人或許是電影，打球，登山，練功，集郵。

我上高中纔開始專心聽搖滾，開竅非常晚。那時便認識比我功力高深不知凡幾的同齡人，我從來不敢自詡多麼高強。在聽音樂這件事情上，比我厲害的人有的是，只是他們未必有機會做廣播、有興致寫文章。

大學時偶爾幻想組一個團玩龐客民謠加藍調搖滾，然而一時找不著同道，並未著手實行。同屆幾個台大同學組成了影響至為鉅大的樂團「濁水溪公社」，我看了幾場他們的演出，再怎麼不服氣，也得承認自己斷不可能搞贏他們，所以後來我就專心編校園刊物去了。

一九九五年服完兵役回家，買了數據機，學上ＢＢＳ，找到幾個搖滾迷大本營，認識許多同好，發現網路社群能串聚各地同好，就像在不見天日的洞穴裡摸索多年，終於踏進陽光普照的新天地。後來做「五四三音樂站」，多少也是緣於那樣的美好經驗。

問：在你的成長過程中，還有哪些難忘的記憶是跟搖滾樂相關的？

答：幾樁難忘的記憶都寫進了《地下鄉愁藍調》。還有許多回憶，真要一一仔細寫來，又可以是一本書了。

比如小時候那一場場從國父紀念館、中華體育館、中山堂、實踐堂的後台側台伸著頭看完的民歌演唱會，始終看到的都是歌手的背影和側面。比如八〇年代初期某夜在國父紀念館，一身黑的羅大佑彈著鋼琴首度唱起剛寫好的〈小妹〉，獻給那天在座的張艾嘉。比如一九八九年剛考上台大某個中午，在福利社前面邊喫便當邊看一個斯文的吉他社學長彈唱迪倫的〈沿著瞭望塔〉(All Along The Watchtower)。比如一九九〇年在一間叫「息壤」的酒館第一次看伍佰把台語老歌〈秋風夜雨〉改編成酣暢淋漓的重搖滾，全場觀眾敲著啤酒瓶子大吼合唱，吧台坐著一個極年輕而神色肅然的演員，便是曾經參演《牯嶺街少年殺人事件》的「小馬」譚志剛，不久竟聽說他車禍喪生了。同一年我在後來拆毀了的和平東路ROXY酒吧布滿塗鴉的木桌上，用圓珠筆深深刻下剛剛墜機身亡的史提夫雷范(Stevie Ray Vaughan)的名字，向吧台DJ點播The Feelies的歌來聽。一九九一年在另一間生意冷清的酒吧看劉偉仁唱歌，我跟他說〈離身靈魂〉的吉他獨奏讓我想要認真學彈滑弦(slide)，他遂當場唱了一個摧枯拉朽硝煙瀰漫的版本給我作爲回贈……。

問：同樣作為DJ，你覺得你與母親所做的工作有甚麼相似區別和傳承？

答：我們都在利用廣播推動原創音樂，希望讓新生代的創作人被更多人聽見。我們都參與了創作歌曲的催生，涉足過唱片的企劃與製作。不過當然，母親節目當年幾乎天天播出，

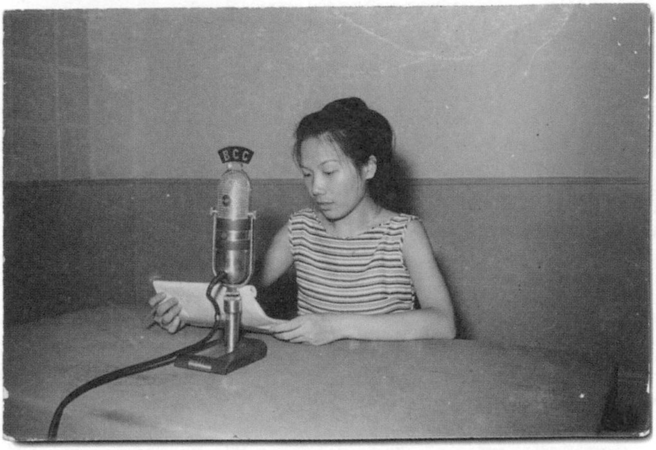

家母陶曉清一九六五年攝於中廣，時年十九歲。

電波覆蓋範圍遍及台澎金馬，收聽率極高，影響力何其驚人，我的小節目是遠遠不能望其項背的。小時候和母親搭計程車，常常她一開口說了要去的地方，司機便能認出她的聲音，並且堅持不收車錢，害我們挺尷尬。

她當年主持、策劃數以百計的演唱會，踏遍了全台灣的音樂廳和校園，還曾經帶團遠赴香港、星馬、美加演出，那些節目常有別出心裁的主題設計，總是希望在熱鬧之餘，也能從節目編排呈現創作的精神。一整個世代的民歌手，都是從那些演唱會的舞台磨礪出來的。那是「民歌運動」最重要的場景，也是和一張張唱片相互輝映的成就。母親一向是個沒心眼的人，所以大家都服她。她要是有一丁點私心，這些事情都不會成的。

現在我一有機會，也會邀請音樂人帶樂器到節目現場來彈彈唱唱，累積了上百場吧。偶爾也會偷想：這些錄音會不會在二十年後變成珍貴史料呢？

問：台灣民歌運動，現在看來具有怎樣的意義？

答：民歌運動最可貴的，就是彼時幾乎沒有誰生出甚麼「運動」的自覺，也來不及想甚麼市場行銷企劃包裝意識形態云云，就是唱自己喜歡唱的，寫自己想寫的，不再被先前主導音樂行業的中年人牽著走（我們現在稱之爲「世代自覺」），而且大家都覺得必須做出一點兒真正是「我們自己」的東西，不再亦步亦趨地惟英美「先進國家」是瞻（我們現在稱之為「原創精神」）。「世代自覺」和「原創精神」，帶出了民歌世代歌曲題材和形式的百花齊放，養成了一批秀異自信的音樂人，構成了華語流行音樂大展鴻圖的基礎。

問：西方搖滾樂對台灣民歌運動以及後來的音樂發展有怎樣的影響？

答：台灣民歌運動初期的歌手，師法的是六七〇年代那些自彈自唱的英美民謠歌手：巴布迪倫、瓊拜茲（Joan Baez）、唐諾文（Donovan）、詹姆斯泰勒（James Taylor）、朱迪柯林斯（Judy Collins）、瓊妮米雪兒（Joni Mitchell）、吉姆克羅契（Jim Croce）等等。後來許多投入音樂行業的青年，聽搖滾極虔誠，自然也會想把搖滾元素偷渡到手上的作品。李壽全擔任《偈》、《龍的傳人》專輯製作人，便有這樣的嘗試，後來搞「天水樂集」，嘗試前衛搖滾「概念式專輯」的史詩巨構，算是真正過了癮，接著做蘇芮《一樣的月光》，就是正大光明的搖滾專輯了。韓正皓、侯德健、邱晨、李宗盛，都是搖滾黨徒，就連李泰祥，你聽他編曲裡面吉他和貝斯的線條，也是搖滾的。

「金韻獎」以降，許多歌曲都帶著輕搖滾（Pop Rock）的韻致，編曲很多是「插上了電」的。你聽蔡琴〈恰似你的溫柔〉電吉他前奏的音色，其實很悍。王新蓮〈風中的早晨〉跳躍律動的節奏，還有蘇來〈讓我與你相遇〉熱火朝天的編曲，也是明顯的線索。然而，還是得等到羅大佑出來，纔徹底融合了搖滾的形式和精神，讓台灣流行音樂的語彙（音樂的和歌詞的）從「天真」轉向「世故」。

問：你覺得隨著台灣教育制度的改革，現在的年輕人還會像那代人一樣，有著很好的自我意識和行動力麼？

答：我們隔著歷史的距離，一眼看到總是那些頭角峥嶸的人物，這樣的比較並不公平。哪朝哪代都有「有著很好的自我意識和行動力」、能夠創出一番功業的實行者，此刻亦不例外。有出息的年輕人，總能在制度裡外的夾縫找到出路。

問：你怎麼看待搖滾樂與政治之間的關係？

答：任何藝術形式都可以與政治有著千絲萬縷的關係，藝術家作爲公民，作爲社會人，當然有權用他最拿手的形式對公共議題發表意見。然而既然選擇了這樣的形式，便必須對藝術的專業有所自覺，得對自己的話負責任的。

搖滾或許可以蹭出幾星火花，又或者可以是一陣風，讓燎原大火燒得更快一些、更遠一些。然而搖滾的意義，就跟所有的藝術形式一樣，從來都不在於如何「功能性」地改變社會。若真要「效率掛帥」，或許應當入黨選議員，或是動手造土製炸彈。

一九七八年八月「唱自己的歌」演唱會，集合了早期民歌手的菁英。
左上起順時鐘方向：韓正皓、王夢麟、任祥、吳楚楚、李蝶菲、
胡德夫、陳屏、陶曉清、楊光榮、楊弦、趙樹海、鍾少蘭。

問：現在的台灣獨立音樂是否還具備民歌時代的力量和影響力？

答：一代人有一代人的環境和條件，現在的音樂圈子，所謂「力量」和「影響力」，已經不能單看唱片銷售了。台灣早不是一整代人共同擁抱一種音樂類型纔能「破舊立新」的時代。如今分眾市場愈趨零碎，大家各自割地爲王，哪怕領土祇有豆腐乾兒那麼點大，也可以驕傲地插根大旗子。仔細想想，這樣也未必不好。

個人電腦、硬碟錄音普及以來，生產工具下放，製作音樂門檻大大降低，讓「素人音樂家」變成家常便飯。網路興起，則同時提供了潛力無窮、成本低廉的宣傳和行銷管道。對「個體戶」創作者和獨立廠牌而言，創造音樂的成本可以是史無前例地低，潛在顧客群是史無前例地多，如何善用這些條件，就憑各自的造化了。現在是音樂人擁有最多機會的時代，只是買賣音樂的規則在變化，生意不好做了。以前唱片業景氣大好，許多人有「做唱片容易掙大錢」的錯覺，其中有太多投機因素。現在生意難做，也只是回復商業世界「應然」的狀態而已。

右覆《北京青年週刊》郭小寒

問：比起六〇年代的地下搖滾和八〇年代的台灣民謠，你認為如今還會出現一種樂風獨自引領潮流的現象嗎？

答：我想是不可能而且也不必要了。往昔集體思考的時代，連反叛也都是集中式的，大家隱隱然複製了對立面的思維模式，期待救世主降臨來成全大家。台灣的羅大佑、大陸的崔健，都是那個集體時代過渡到個體時代的啟蒙人物，聚集了一整代人的壓抑和想望。而當一代人開了眼界，竟還要回頭巴著救世主不放，便實在是沒出息了。

右覆北京《青年周末》黃健

問：「『民歌運動』有很大一部分是在我家客廳開展起來的。」那些兒時在您家客廳結識的歌手中，印象最為深刻的是哪幾位？

答：李宗盛年輕時候渾身有種自覺的喜感，隨時隨地引人發笑，他也因此而不著聲色地得意。彼時蘇來已經是所有男生當中最懂得穿戴的人，我和弟弟甚至私下將當年最時尚的窄管牛仔褲命名爲「蘇來褲」。邰肇玫在還未有「酷」這個形容詞的時候便是「酷」的代表。一次她赤足戴著腳鍊坐在我家客廳榻榻米上，有人問她爲甚麼戴這玩意，她靜定地回道：

「我是我自己的囚犯。」你說她酷不酷。

後來是薛岳和我們往來最密切，高中時他聽說我在學吉他，便送了我一只節拍器——他是鼓手出身，深知「穩定」比甚麼都要緊，可惜我終究沒能彈出甚麼專業。後來他知道自己肝癌難癒，曾經正經地說：「以後要是上了天國，我也會好好保佑你。」薛岳死後，我接收他幾件毛衣，款式都很耐看，穿了很多個秋冬，心裡覺得驕傲。

問：「那場集體的青春期，早在我出生之前就已經結束了」。你在書中很多地方提到相似的意思。這樣一種青春，在你心目中有怎樣的寓意？

答：這主要說的是一九六〇年代，戰後嬰兒潮步入青春期，集體四出造反。青年人數量壓倒地多過「大人世界」，在這之前，西方世界從未有過一整世代集體「自我野放」的經驗——「廣闊天地，大有作爲」。流風所及，漸次吹往歐陸、東亞，諸國青年皆受薰染，乃造成種種傳說。其中最讓我著迷的，並不見得是那些革命的使命感（如今回望，多少有裝模作樣大驚小怪的意思），而是其中的天真。那是「還來不及替萬物命名的時代」，他們尚無法真正「醬進去」大人世界的種種醜惡，就連闖出來的禍，也是天真的。

問：在顛峰期，不少樂隊和樂手都曾經在歌曲和採訪中自比耶穌或者撒旦，據您的觀察，這能代表當時這些歌手，以及歌迷的心態嗎？是否能介紹一下他們在何種情況下寫就這些作品的？

答：青年總愛語出驚人，以示叛逆不可一世。自比耶穌撒旦的，是最傻的樂人。那些真把樂人當成了耶穌撒旦崇拜的，則是最傻的樂迷。藍儂說「披頭比耶穌還紅」，只能算實話實說，當年發起燒唱片抵制的那些人，是沒聽懂這句大實話。滾石在歌裡自比撒旦，則是角色扮演，只有最蠢的歌迷和家長會信以為真，藝術家不可能替所有愚蠢的解讀負責任。

後來又有了更多標榜魔鬼崇拜的樂派和樂人，七〇年代末一部分龐客小子還曾經流行穿戴納粹標章，簡直要氣死他們苦撐過二次大戰的父母。然而依我所見，那些多半不脫「語出驚人」，未必有甚麼實質主張。真要認真窮究下去，便顯得傻了。

問：捷克前總統哈維爾曾經說「不管這些人的語言多麼粗俗，頭髮多麼長，但真理在他們這邊」。但搖滾樂並沒有改變世界，後來許多搖滾樂人自己也有反思。「幻滅」——你覺得他們的幻滅中，多少是由於外界政治，多少是因為這場運動必然走下坡？

答：「改變世界」是個難以量化的形容。我倒覺得搖滾樂真真切切地改變了世界，儘管它沒能創造美好的新世界、或是扶植賢明的新政權——古往今來，又有哪場革命、哪種藝術曾經做到過？

幻滅，是因爲曾經有期待。熱血與理智如何平衡，只能是各自的修爲。魯迅先生早說過的：「別人應許給你的事物，不可當真。」

右覆上海《第一財經日報》羅敏

問：很多聽眾不曾經歷過歷史上的某些時刻，但是他們依舊在那些音樂和歌手的故事中找到安慰與快感。就你個人來說，「聽」的私人化體驗如何與這些不曾經歷過的大歷史時刻發生聯繫？

答：《紅樓夢》最早的手抄稿在一七五四年問世，莫札特《魔笛》首演是一七九一年，東坡先生《寒食帖》在一〇八二年寫就，我們現在仍在讚歎，仍在研究。我們誰呼吸過十八世紀的空氣？東坡先生的筆硯亦早已化爲地層中的齏粉。

我倒覺得，搖滾還太年輕，我們「去古未遠」，還有太多人擁有那個時代「第一手記憶」的片段，他們會驚訝地對青年人說：「啊，這是我們小時候聽的啊，你怎麼也有興趣？」「你又沒有經歷過六〇年代，怎麼會聽那些嬉皮時代的音樂？」這固然是我們小輩的幸運，卻也可以是一種干擾。

再過一段時間，這樣的提問應該就少了。如今誰會說：「啊，你又沒有經歷過舊俄沙皇的時代，怎麼竟然會讀起托爾斯泰的小說？」

右覆北京《青年時訊》鍾蓓

問：詩人于堅曾說崔健是一顆大的靈魂，我不知道你怎麼看他，在台灣，大家又怎麼看他？不少人不太喜歡他的新歌，還是著迷於〈一塊紅布〉、〈一無所有〉，對這個問題你是怎麼想的？

答：在台灣，已經沒有甚麼人在乎崔健了。即連〈一無所有〉，記得的人怕也不太多。這樣也好，讓我們這些真正在乎的人，得以更心無旁騖一些。

在我心目中，崔健仍是華語搖滾第一人。這不單因為他的崛起和大時代的轉折緊緊相扣，更因為他對自己的藝術，從精神面到技術面都有極為清晰的掌握與自覺。老崔想得比絕大多數樂評人和粉絲都更多、更深、更遠，這也使他註定要不斷「往人少的地方走」。

就讓他做他想做的東西吧，好聽難聽都不打緊，他並不需要迎合誰，畢竟他從不欠我們甚麼，反而是我們欠他太多。若他終究走上了一條人煙稀少的路，那也是他的選擇，我相信他是耐得住冷清的——而我也希望若真如此，自己可以是站在那路邊的不多的看客之一。

問：據說你多年前到北京時曾訪問過張楚，具體是怎麼個情境？

答：一九九六年二月陪父親到北京探親，當時我正替廣播人李文瑗擔任節目製作人，每週介紹一些國內外的搖滾。她建議我和北京音樂人作些訪問，回來製作一輯節目。我從「魔岩」張培仁那兒拿到了人在北京的賈敏恕的電話，再透過老賈聯繫上張楚，他答應和我聊聊。我請張楚到我住的燈市口松鶴酒店房間，爲了待客，還臨時跑到對街菸攤買了兩盒菸。張楚遲到了——在酒店大廳被服務員認出來，纏著他要簽名，耽誤了時間。

那時候我實在怕生，不大會套近乎（現在依然如此），張楚更不是那種主動和陌生人湊趣的個性，於是錄音機開了空轉，兩人半晌不吭聲，真夠尷尬。我們有一搭沒一搭聊了兩個鐘頭，錄音帶裡不出聲的段落比談話還多，倒是他把我買的兩盒菸抽得一根不賸，菸屁股插了滿缸。

後來他邀我去和朋友喫紅燜羊肉，一群年輕人湊在一塊兒，天南地北瞎侃，有了熱騰騰的喫食和啤酒，氣氛纔終於鬆活開來。我們還一起去工人體育館看了比約克（Björk）的演唱會，進場前遇到高頭大馬的「唐朝」丁武（還是老五？），我記得他抬起皮靴作勢要踹我們的車，表示招呼。

那次專訪張楚的錄音，我怕播出效果很差，後來沒有做成節目。那兩捲錄音帶，現在還放在我家的箱子裡。

右覆《上海電視週刊》劉江濤

問：在大陸或者香港，某些獨立樂評人（不依附任何大眾媒體），似乎都要寂寞而艱辛地堅持自己的事業，你覺得在台灣的樂評人情況如何？

答：我倒覺得未必非要時時提醒自己保持「寂寞而艱辛」的狀態，弄得一張悲壯的臭臉，惟恐旁人聞不出你的革命純度。各人為各自的選擇負起責任並且付出代價，如此而已。台灣有諺云：「歡喜做、甘願受」，大概就是這個意思。我是覺得，當事情變得不好玩了，或者搞到必須為了「實踐理想」而不斷「自我剝削」，可能就是不妨歇一歇腳的時刻。

問：你覺得對於一位評論者而言，在寫作時最重要的是甚麼？需要保持的底線是甚麼？

答：關於「寫作時最重要的」，我也還在摸索，尚未悟道。關於「需要保持的底線」，倒是有幾條個人原則，盡量不去違背：

一、避免不懂裝懂。

二、少用最高級形容詞。

三、文字以通順爲佳。

其他的原則或許還有，現在想到的就是這些。

右覆廣州《信息時報》馬向新

本篇文字均摘自《地下鄉愁藍調》簡體版二〇〇七年問世後，媒體書面採訪覆信。